花事

谢晃 高秀芹 著

春风文艺出版社
·沈阳·

图书在版编目（CIP）数据

花事/谢冕，高秀芹著. --沈阳：春风文艺出版社，2024.11. --ISBN 978-7-5313-6863-2

Ⅰ.I267

中国国家版本馆CIP数据核字第2024FH7597号

春风文艺出版社出版发行
沈阳市和平区十一纬路25号　邮编：110003
辽宁新华印务有限公司印刷

选题策划：张国际	责任编辑：姚宏越　孟芳芳
责任校对：赵丹彤	装帧设计：范　娇
插　　画：王震宙　黄　宇	幅面尺寸：130mm × 203mm
字　　数：98千字	印　　张：7.375
版　　次：2024年11月第1版	印　　次：2024年11月第1次
书　　号：ISBN 978-7-5313-6863-2	
定　　价：58.00元	

版权专有　侵权必究　举报电话：024-23284292
如有质量问题，请拨打电话：024-23284384

花事如海 真情如梦

——谢冕、高秀芹散文集《花事》序

孟繁华

2022年1月,谢冕先生的《觅食记》出版,文坛一时叹为观止,其轰动效应超出想象。实事求是地说,除了谢先生文章写得好,可能更与文字后面未曾言说甚至拒绝的世风有关。与其写那些文章,不如"闻风而动""觅食"去。说是"觅食",但吃只是一个方面,谢先生更要说的,是通过吃,写他要写的人与事。因此,《觅食记》终不是"随园食单"。《觅食记》出版之后,便有出版社约谢先生写"花事"。谢先生确实写过一些与花有关的文章,这些文章在结构或立意方面,与"觅食"有相近之处,那就是,他或柔情似水,或气势如虹,或如游丝拂面,或地火喷发地写他的"花事",但他更是通过写花来写他要写的人,写人的情义、交往和对世事的态度,因此,他的"花事"可以称为"花为媒"。

谢先生的"花事",只收入九篇,分别写北京的花季、郁金香、洛神花、槐花、三角梅、水仙和蜡梅、紫藤花。他写北京的花,从三月写到六月,从桃花的绽放写到六月的哀伤,这哀伤是从花事到心事。郁金香,先生写了两篇,一篇是《郁金香的拒绝》,讲述了在郁金香的盛产地阿姆斯特丹竟一直未曾与郁金香谋面的"悲惨遭遇",那遭遇让我们明白了什么是未了情,什么是不堪回首;另一篇是《我有了一枝郁金香》,未了的心愿终得补偿,那是因郑敏先生有郁金香相赠。在台湾幸遇"洛神花",与痖弦先生琴瑟和鸣。《岂止橡树,更有三角梅》,先生则意喻了诗人舒婷和她的诗。《岂止水仙,更有蜡梅》,通过水仙写了师母陈素琰先生与宗璞先生的情义。《我与紫藤有缘》,是写故乡福州市人民政府要为谢先生建一座"谢冕文学馆",谢先生接受了家乡的美意,但他绝不用个人的名义命名,最后将这个文学馆命名为"紫藤学堂"。"紫藤学堂"坐落在他曾经就读的三一中学,现更名为福州外国语学校旁,是沈绍安先生的旧宅。福州多紫藤,而北大中文系原址的五院也开满了紫藤。紫藤的花语是思念、爱,谢先生将个人文学馆命名为"紫藤学堂",我们大抵也就明白了先生的用意,当然,也更深切地体会了先生的情怀和格局。

先生的"花事",有花,有事,更有人。如果说到先生的抒情手笔,他就是文坛圣手。《槐花约》有这样一段:

平原上的槐花我见过,在我的燕园,

那里的槐花也很有名,未名湖山间的夹道旁,朗润园的湖滨山崖,春深时节也是满世界的芬芳。但那些花景是散落各处的,这里一丛,那里一丛,总在隐约仿佛之间。而中天门这里不同,是集聚性的、无保留的、竭尽心力的绽放,不是绽放,简直就是喷发!那情景,那气势,一如充盈在齐鲁大地无处不在的侠气与柔情,令人内心感到温暖。极目望去,眼前涌动着一片花海,白花花的竟是让人心惊的明亮。在道旁,在岭崖,在云岚氤氲的山谷,到处都是它飘洒的璎珞。浅浅淡淡的绿中泛着明媚耀眼的白,在明亮的阳光下闪着宝石的光芒。

每每读到这里,我总是情不自禁,内心有难以抑制的冲动和欢愉,这就是如诗如画。

古人也多有写花的诗文,比如陆游:"常年春半花事竟,今年春半花始盛。衰翁不减少年狂,走马直与飞蝶竞。"他也写到个人，但也仅限于略抒胸臆而已；苏轼有"赏花归去马如飞"，快意则快意，但纵观全诗，还是拘泥于古代文人的窠臼。我并不是说谢先生的"花事"摧枯拉朽空前绝后，而是在比较中可见谢先生作为现代知识分子写传统题材的另一番境界。

高秀芹女士是谢先生的关门弟子，是我的师妹。她的"花事"，多为"童年记忆"，写孩童时代与花的情缘。她写的花有木本花、草本花和菜蔬花。这划分方法，大有将自己塑造为"花木专家"的气概。她的"花事"，有浓郁的生活气息，甚至乡土气息。但她的记忆中，这些"像梦一样的花，如同一首清爽的诗"。看秀芹写花的种类之多，也可谓见多识广了。她前后写了20多种花，如果说木本花、草本花等，都是常见且可登"大雅之堂"的话，那么，秀芹的菜蔬花不仅别具一格，而且雅俗共赏。如果说她写海棠花，是由海棠花及李清照及《红楼梦》，表达了秀芹的文学造诣和趣味的话，那么黄瓜花则显示了秀芹的质朴和智慧。她看到的是黄瓜和花"不离不弃""唇齿相依"的关系，而且黄瓜花从美学的意义上，"黄得彻底，黄得逼人"，在黄瓜这里，"有花就有果"。这就不仅是写黄瓜了，她写的是见识和生活中的发现。还有茄花、扁豆花、韭菜花、拉瓜花，花花不同，活色生香。

　　这里我还想说的是另外一件事，就是谢先生年事已高，秀芹是陪伴最多的弟子。特别是谢先生和师母出差，秀芹一定不离左右，相伴相随，关怀备至，情同父女，情同母女。那些场景一旦想起，感人至深。由此可见秀芹的为人，她真的了不起。现在，这对师生、这对"父女"，联袂出版了散文集《花事》，自是师门一段佳话，更是文坛一段佳话。谢先生嘱我写序，师命难违，便匆匆说了这些话。

2023年12月25日于北京寓所

/ 目 录 /

花事 上 谢冕

- 003 / 北京的花季
- 013 / 郁金香的拒绝
- 027 / 我有了一枝郁金香
- 031 / 洛神花

- 034 / 中天门的槐花
- 039 / 槐花约
- 045 / 岂止橡树,更有三角梅
- 055 / 岂止水仙,更有蜡梅
- 064 / 我与紫藤有缘

花事 下　高秀芹

木本花
明明是一株花，却长成了一棵树

079 / 木槿花
086 / 金银花
091 / 凌霄花
099 / 百日红
104 / 石榴花
110 / 月季花
118 / 开花的树（一）：梧桐花
125 / 开花的树（二）：槐花

草本花
草本非草，天涯何处觅芳草

133 / 夜茉莉花
139 / 太阳花
145 / 指甲花
149 / 葵花
154 / 永不落
158 / 秋海棠

166 / 蜀葵

170 / 美人蕉

177 / 虞美人

183 / 地瓜花

菜蔬花
开花，要结一个果

191 / 茄花

196 / 黄瓜花

201 / 扁豆花

205 / 韭菜花

213 / 拉瓜花

219 / 跋

花事

上

谢冕

北京的花季

北京的花季短暂得如同一节感伤的谣曲。花开得猛,凋谢得也快。三月的北京未曾解冻,时不时地还飘雪。当北海和昆明湖的冰面融解的时候,塞外的黄风也就来到。大约是三月快要过完了,在霜雪肆虐的间隙里,往往可以看到一二株最早零星开放的山桃。山桃开得很惨,它开在人们不以为是开花的时节里。它绝不引人注意,而且大概总不过几天,就被那些无情的风所扫荡,这也许是对它不合时宜地露面的惩罚。

桃花只是先声,严格说来它不属于北

京的花季，但我们显然无法逾越这勇敢的先驱者。桃花不因生存环境的恶劣而推迟它的花期，总如约而至，而且也总如此被摧残。岁岁年年，它悄悄地开放又悄悄地飘零，它无可改变的践约不能不使人对它格外敬重。

随后就是连翘和迎春花了。那黄澄澄的小花开放的时候，它那柔韧的枝条总是光秃秃的。光秃秃让人想到寒意，仿佛是这古城里昔日那些在寒风中把手缩在棉袄袖筒的姿势。但花朵不怕冷，它们在寒战中探头出来，似是要试试自己抗寒的能力，于是它们一个个都闪出了太阳般的金光。迎春花开放的时节，北京的大地还是灰扑扑的，单调而荒凉。它的金光闪闪让人想到漫长冬季的结束，似乎前面充满了希望。但四周依然寒气逼人，迎春花为了迎接春天而在夜晚和清晨的严寒中坚持。

进入四月，这里还是春寒料峭，大多数人家的火炉未曾撤去。清明总在四月初的某一日来临，在江南已是杂花生树、群

莺乱飞的时光了,而在北京却是一片沉甸甸的肃杀之气。北京年年清明少有晴日,不是霜雪就是阵雨,而且总好像有什么让人害怕的事要发生。但花儿毕竟勇敢,性急的如连翘,早已翘首以待了。在无花的清明节里,人们盼春心急,每每以纸花点缀古城春意，毕竟也颇有一番心灵之春的繁盛。

清明寒冻的雨雾一停，天气转暖，首先出现的是那些不怕冷的草本花卉。瓜叶菊的热闹带来了这一年最初的春光。当自然界的蝴蝶还在冬眠，三色堇在草间的飞动带给人早春的欢愉。四月中旬，榆叶梅、珍珠梅、黄刺玫、碧桃，都次第绽放。再过一个星期的光景，紫丁香、白丁香、绶草、紫色的和白色的木槿也开了。最动人的是草坪上一丛一丛的虞美人，以及盆栽移到户外的仙客来，它们是草木中的美艳者，似是为这个结束寒冬的花季助阵，以娇美柔弱的芳姿为花中君子的奋斗鼓劲。

这是北京一年中花事最盛的时候——真正的春光明烂的季节。人们都说北京没有春天，是由于这种春色绮丽的时间太短。

漫长的冬天从上年的十一月一直拖到这年的四月清明，花事盛极的十天半个月一过，就到了女人们穿裙子的初夏。春天是隐匿在冰雪和沙尘的暴虐之中的，或者说，春天总是被埋葬的。唯有丁香、刺玫这些灌木放花时节，那红霞一般的火爆和黄金般的灿烂才显示出春天的存在。那是春天在提醒人们：我开花，虽然我短暂。

一年中最让人兴奋也最容易引起伤感的季节来到了。有经验的北京人都清楚，这些花开得如醉如痴的时候，正意味着一年花事接近尾声。这时候，人们争先恐后地涌向那些名家盛放的所在。所谓"赏花"，实是向与严寒冰雪苦斗了一年的花魂告别致敬。

在北京住久的人，知道中山公园的唐花坞，也知道北京植物园，而颐和园中的几株玉兰更是无人不知。玉兰很名贵，白色的硕大花朵，高雅而华贵，雍容如大家闺秀，特别是慈禧住过的乐寿堂后那一株紫玉兰，更是花中极品。但玉兰花时也短，看玉兰是北京花季盛事，也是狂欢花节的一个句号。和玉兰同时绽放的还有海棠，特别是号称花中仙子的西府海棠，更是艳丽惊人。"秾丽最宜新著雨，娇娆全在欲开时",此时此际花蕊上端那一点如胭脂的红晕是美艳的极致。但不论是玉兰还是海棠的繁华,都只是眨眼的工夫。

五月花事收场。这时天气开始暖热,风倒也停息了,但北京少雨而干旱的晚春节气也告来临。群花凋尽,天气渐渐热了,繁花似锦成了过眼烟云,春天匆忙得让人伤感。

不知从什么时候开始,柳絮便在空中悄悄翻飞。它撩拨最牵人愁思的缠绵,那柳花无所不在,是驱之不去的无尽忧伤,仿佛是一段牵肠挂肚的爱情的记忆,仿佛是青春失落的纪念,仿佛是恻恻长别的牵怀。那柳絮飘在纱窗上,钻进了居家的窗台,随着微风滚动,在某一个角落团成了白色的巨大的怅惘。于是,遍地便充溢着这种无所不在的白色棉团,无所不在的哀愁。

当五月春深柳絮依然飘忽的时候,一夜之间,槐花也飘散了它的暗香,那香气在不觉间袭来熏得人醉,也许唯有南国柚

子花开时差可比拟。北京是槐的城市。槐有国槐洋槐之分,两种槐北京都多。国槐落叶最早而泛绿最迟,苍老斑驳如老人,胡同和公园深处都有,花白色,但少香气,现在被封为北京市花,大概是取其慵懒、少香。洋槐顾名思义是舶来品,有刺,花也是白色,其香可醉人。五月间,洋槐的枝叶间悬挂着一串一串的小花,那是一片迷蒙的白雾。甜美的香气在午间蝉鸣的间隙或黄昏暑气渐消之际飘来,那浓香熏得人想哭,为它的华美,为它的繁丽,仿佛为短暂花季的祭奠而献上的素净。

此后,数日之间,北京那些四合院和老胡同居处,到处都铺盖了纸钱似的落花。洋槐从开到落的全部过程就在五月的一段时间内完成,"开到荼蘼花事了",荼蘼的小白花也赶来参加这番青春祭。所有的努力都无法挽留北京匆匆的花事,所有的事情都在六月到来的时候宣告了失败。

六月是哀伤的日子。无尽的繁花似乎等不到六月,它们匆匆地开也匆匆在谢,因为所有的花都难以忍受六月残酷的煎熬——六月的天空悬挂着一个火盆似的太阳。这座干涸缺水并且靠近沙漠的内陆城市,夏天无风,那滚滚热浪不知来自何处,团团围困了这本应撤退的最后的残花败蕊。六月让人窒息,甚至连那些动情的哀悼和淡淡的感伤,也在这无情的热狂中被迫消失。

此文刊于1992年12月8日《联合报·联合副刊》。据此编入。

郁金香的拒绝

其一

我对郁金香心仪已久。最初是在一份挂历上看到,大概是荷兰或是西欧的某一个国度吧,那里种着大片大片的郁金香——如同我们这里的农民大片大片地种着小麦或水稻那样——单色为畦,一畦一色,仿佛是铺着彩色的地毯,直至眼力不及的远方。如海的郁金香,掀起彩色波浪的郁金香,单看照片,便令我神往而沉醉。郁金香这花给我的印象,便是那挂历的画给的,她不仅婀娜多姿,而且是排着方阵的无言而宏大的气势，显得格外动人。

也许郁金香的迷人在于她造型的单纯、简洁，她形如高脚酒杯，端庄、高雅如名门淑女。花卉中形色娇媚的是虞美人、仙客来，以及木本多年生的西府海棠。而取其香气清雅的，大体总不见鲜丽的色泽，如水仙、米兰、茉莉、桂花等。说来惭愧，直到要写这篇文章了，我除了对她的色彩可以从画中间接地感受外，对她的其他特点，特别是她的香气，却毫无所知。我之所以如此无知，并非是我的格外愚钝，而是郁金香对我的一而再再而三的拒绝。

郁金香是"洋"花，我国不多见。但我又不满足于只是在画中或照片中看，于是益发激起我"一睹芳颜"的愿望。1992年，我有了第二次的欧洲之行，英国之后的第二站便是荷兰。郁金香的故乡是荷兰，又是它的国花。据说二战期间，1944年或1945年的冬季，因战时饥馑，荷兰人食郁金香的球根得以存活。他们感谢这多情多义的郁金香，战后便定之为国花。我访问

荷兰时正值春季，应当是郁金香花开时节。我想，这下可有机会一谒这声名远扬的名花的风采了。

从伦敦飞到阿姆斯特丹，再从阿姆斯特丹乘坐火车去我参加会议的莱顿小城，铁路沿线，铺展开这个国家花团锦簇的大地。世人皆知，荷兰不大的国土中有部分区域低于海平面，这一片如花的土地是荷兰人用他们的智慧和毅力在与自然的较量中造就的。火车行进着，铁路两旁没有垃圾的倾倒和堆积，而是洁净如公园。远处的海岸，近处的运河，还有矗立天际的缓缓转动的风车，而无尽绵延的则是铁道沿线的鲜花——但我没有看到郁金香！

在莱顿住下来，我性急地要在这郁金香的故乡会见我倾心的久慕的朋友。这城市沿运河有许多商店，最撩人眼目的就是花店。对于欧洲的花卉，我在英国时已有深刻的印象，特别是在牛津的那个白天和那个夜晚。我一方面为英国友人的热情款待而感动，一方面则是由于英国的鲜花。

也许是因为气候适中、不冷不热，那里的花不仅色泽艳丽，而且许多花色在国内未曾见过。荷兰的鲜花也是极著名的，品种之多让人眼花缭乱。我自信在国内许多花都能叫得出名字，但这份自信在荷兰却不灵了，许多花我闻所未闻。

在荷兰逛花店是极大的享受。徜徉在滨河花街之中，杂沓于钗光鬓影之间，你会感到仿佛全世界最美的色彩都汇集到这里来了。你一下子就体悟到世界原来是这般鲜丽、这般光艳、这般富有生命力。而令人意外的是，我依然没有看见一朵郁金香！

我在荷兰逗留的时间是六月初至六月中旬，那里正是百花盛开的时节，而独独是郁金香花时已过。更为遗憾的是，不是已过多时，而是刚刚开过！但是，即使是我迟到一步，也不该这样绝情绝义地消失得无影无踪啊！我是带着被拒绝的怅惘离开荷兰的。莱顿运河上驶过天际的白色游艇，阿姆斯特丹夜世界的宁静的狂欢，海牙沙滩上尽情享受阳光和海水的人群,一切都是激动人心的,但一切也都由于郁金香的缺席而失去了生气——这世界仿佛留下了无法填补的空洞。

从荷兰回到英国,大英航空公司的航班再次飞越英吉利海峡,舷窗下湛蓝的海水铺开一幅柔软闪光的锦缎。飞机低空飞越伦敦,泰晤士河上的滑铁卢桥、"大笨钟"、威斯敏斯特教堂的尖顶——当伦敦多情地为我展示她如画的光彩时,我有一种不远万里、满怀希望地前去会晤日思夜想的、最亲爱的人而不能如愿的悲伤。我因为郁金香也许并非有意地伤害,而在如花似玉的伦敦城里郁郁寡欢。

其二

郁金香是多年生的球根草本植物。多汁的茎,碧绿而直,花茎的上端骄傲地举着花朵,花形如俏丽的高脚酒杯。整齐的花瓣,茎无旁出,每茎一花,多系单色。

我一直在为此花做梦，为她的高洁而优雅的姿态，为她的不事喧哗的单纯的美丽。那年荷兰之行的一场空梦，我只能嗟叹我与此花缺少缘分。

事过三年之后，今年春天，杭州西湖有个约会。我的暂居之处，是位于汪庄的西子宾馆。开窗临湖，花影鸟喧，如与美人相对。住所出门，便是雷峰夕照旧址，有幽径通往山巅，可凭栏览胜。在那里前前后后住了大约一个星期。在京时每日忙忙碌碌，总有做不完的琐事，在这莺飞草长的暮春江南，西子的湖光山色倒也能慰我清寂。

在杭州西湖的最后一日，晚间饭后友人陪我散步。那时华灯初上，夜色已暝，友人忽然说起，近年新辟太子湾公园离此不过数百米，何不前去一观？况且那里还在举办一年一度的郁金香花展。一听此言，我若触电。心想前年万里飞行，兴冲冲前去拜谒郁金香王国，却无获而返，不想这次却轻而易举地得以如愿，我自是欣喜难言。郁金香花展在国内其他城市未见举行，据说这里所展之花都是从荷兰空运来的花苗，经过一段时间的培植，便在公园绽放迎人。

从汪庄至太子湾果然不过数百米，步行不及十分钟便到。但当我们惊喜于这么快便到达时，却是迎头一盆冷水：因为闭园时间已到，公园的门刚刚上锁。从铁门的缝隙中往里看，我可以看到盛开的郁金香在乍临的夜色中含蓄而多情地伫立着。然而，无情的铁门却把这最可能的相见，造成了永远的拒绝。

陪同我的友人一时情急，在门外拼命叫喊。千呼万唤终于唤来了同样无情的守门人，他似乎为这过时的客人的唐突而愠恼。我的友人，这位身材魁梧的汉子，笑容可掬，又是递烟，又是恳求，说了一连串"北京来的教授"等无用的话，就差下跪了，还是不能打动这铁石心肠的守门人。我们绝望地陷入无边的黑暗，而隔着铁栏杆的门，无边的郁金香同样绝望地站立在无边的黑暗中。

要是说两年之前我在荷兰被郁金香所拒绝,是由于花时乍过而失之交臂,而现在,这一切只能以宿命为由来解释了。我来杭数日多有闲暇,而太子湾公园距我住地只是咫尺之遥,我有很多的机会可极易地一睹郁金香的风采,为何只是在我离杭的前夜方才获知?更不幸的是,为何获知的时间是在公园闭门前的顷刻?机票已买,明晨曙色未临时节我便须前往机场。而此刻却是园门深锁,守园人铁石心肠!天意如此,我真的是绝望了!

次晨一场豪雨中我离开西湖,路灯影映下的西子正是睡眼惺忪。沿着苏堤望去,这一带的烟波柳岸在拂晓的微风中轻轻摇曳,别有一番情趣。而我,却由于名花的再度拒绝而兴味索然。我若有所失地登上了从杭州飞往汕头的航班,开始另一次艰难的寻觅。我期待着另一次天意的垂怜,以慰我内心的伤痛。

其三

我之被拒于郁金香的故事没有结束，它是一而再再而三的离奇。要是没有那离奇造成的沉重感，我也不会有这样的其一、其二乃至其三的笔墨了，这都是对我心灵的沉重的打击。而最沉重的、但愿也是最后的一次打击，却是与我所敬重的郑敏先生有关。郑先生到过荷兰，好像还不止一次。我听说郑先生的花园里引种了名贵的郁金香，而且已经引种成功，也已有人在郑先生的花园里欣赏过这尊贵的异国名媛。我私心艳羡郑敏先生与名花有缘。

我的家在燕园，郑先生家在清华园，我们两园隔着院墙几乎连成了一片。从北大到清华，步行半小时可达，我们真的是近邻。可是，为了这郁金香，我多次试探着，间接甚至直接地向郑先生提起，希望能获得到她家欣赏郁金香的邀请。我暗示着、坚持着，每次都没有得到明确的回应。

郑先生对于我的"提醒",通常对此不是微笑不语,便是有礼貌地避开话题。

在我的经验中,郑先生历来是乐于接待我这个客人的。我曾经多次在她的府上和"九叶"的诗人们欢聚,我的博士生们到郑先生那里去请教,甚至比到我这里还随便(郑先生有时不无得意地告诉我,她是在无偿地为北大培养国内外的学生)。我和郑先生交往如此,应当说,适当的时候前往清华园向郑先生请安和请教是不成问题的,可是,我从来没有在郁金香花开时节接到过郑先生的邀请——尽管我不止一次地表达过这种意愿。

今年我自杭州"受挫"返京之后,燕园中又盛传郑敏先生家里的黑郁金香开花了。恰好此时我有机会见到她,我含蓄地提及外界盛传之事,郑先生听罢微露欣喜之色,却对这传闻不加证实也不予否认。当然,我所期待的邀请依然是杳无音信。就是说,尽管我提到了那种传闻,但郑敏先生关于她家的郁金香的任何信息都没有透露给我——她可真是守口如瓶了。

从此,郑先生家里的郁金香变得有点神秘了。依我对郑先生为人的了解,这绝非郑先生的吝惜,只能说明郁金香这花在中国是太罕见,也太名贵,名贵得有如恐人知闻的家传珍宝!

郁金香对于一般人来说,并不存在"危险性",它也许和园中所有的花没有什么不同。但对于像我这样几乎幻想成疾的人,万一让他视见,就很难说了。只要将心比心,只要以己度人,我们便会冰释我们心中的芥蒂。但我始终悻悻。要是说我万里之遥到荷兰而见不上名花一面,要是说我千里杭州之行而只能在夜幕之下、铁栏之外拥有咫尺天涯的孤绝,那么,现在,以北大、清华的一墙之隔,明知清华园某公寓的某一庭院,又明知这一庭院的主人为何人,又明知那郁金香正在京城春天的阳光下艳丽而骄傲地开放着,而我,却依然被无情地拒之门外,这真是从何说起呢?

所幸郑先生还蛮有体恤之心,她悲悯

于我的沮丧以至绝望。那日见到我,她说:"我可以送一张郁金香的照片给你。"这对于我本不存奢想的心,当然是极大的安慰。于是我开始了新的怀想和期待。

今年五月的最后一天(这是要加以郑重记载的一天),我的一位博士生蒙郑先生召见,回来后给我留下一信封,信封上写了如下的字样:"郑先生捎来花园的郁金香,这一张是比较清楚的。"展开一看,是郁金香的照片,郑先生没有食言。果然是满满一畦的郁金香,红色和黄色相间,开得很是繁盛。

我终于"看"到了郁金香。但,如同我最初看到的那样,依然只能是照片。我终于没能看到真实的郁金香!我和郁金香之间,也许隔着的不仅仅是浩瀚的天空和邈远的海洋,也许隔着的是另一种永远无法破译的东西。但不论如何,毕竟我的眼前有了一张诗人郑敏送给我的她园子里的郁金香的玉照。我感谢诗人的慷慨馈赠,也为她的一诺千金。我于是最终也不曾看到真正的花,那在阳光下开放的、花瓣上留着晶莹的露珠的真正的花。我只是完整地做了一篇遗憾的文章，这是我的不幸。也许更为不幸的是，这篇文章的题目，还是拾了张抗抗的牙慧，经过我的郑重请求，蒙她慷慨"借"给我的。

（后记：张抗抗写过《牡丹的拒绝》，是一篇非常出色的散文。此文的题目非沿用"拒绝"不可，的确是经过"申请"而获得准许的"借用"。此文草稿于数年前，定稿于今年，郁金香在现今已非稀罕之物了。）

1999年1月1日于北京大学畅春园

此文刊于《天涯》2005年第3期。

据此编入。

我有了一枝郁金香

我终于有了一枝郁金香,一枝带着露水的、金黄色的郁金香。这枝郁金香我等了好久,终于幸福地等到了。它是郑敏先生郑重地送给我的。那天在清华园郑先生的寓所,在场的还有很多人,郑先生没有送给别人,唯独送给我一枝郁金香,一枝充满生气的、水灵灵的郁金香。我是多么欢喜,因为这是我长久的等待。

我的欢喜是有缘由的。记得那时,郑先生家还在清华园十一公寓。郑先生住一楼,一楼门前有一个大约二十平方米的小花园。郑先生喜爱郁金香,引种了几株名

贵的郁金香品种，其中就有最名贵的黑郁金香。那时国内郁金香很是稀罕，人们知道郁金香是荷兰的名花，只是无缘拜识芳容。因为国门刚刚开放，与外界的联络还有比郁金香更为急切的事务，于是郁金香就成为稀罕之物了，域内如此，公园如此，私家更是如此。

郑先生花园里的郁金香开放了，这当然就成了当日的一道时闻。我对郁金香倾慕已久，与郑先生更是熟悉，当然不想放弃一睹芳颜的机会。我曾向郑先生表示过这种愿望，可是大概是这花太名贵了，我并未得到邀请。"室有美妇邻夸艳"，是要格外当心才是，这是自然之理，一般人也都能理解。但在我，因为与郑先生这种亦师亦友的亲密关系，平常去她那里甚至是无须预约的，就不免有点不是滋味了。我的这种心情被细心的先生知晓了，她大概是为了抚慰我，先是让我的一个学生专程送来了她为我拍摄的郁金香的照片。我当然感谢她的这番好意，只是为她曾经的婉拒而心怀耿耿。

  这就有了如今的这枝郁金香。从当初的拒睹芳华，后来的赠送玉照，再到如今的贻我佳丽，前后时间大约三载过去。先生心中惦记再三，于我则是欣喜莫名。鲜花传递，情感交流，这在今日已是平常景象。而在我，在郑先生，却有着言语难以表达的"背后的深意"，不管怎么说，我终于有了一枝郁金香，而且是郑敏先生送给我的。我感激，而且欢喜。

2004年7月7日于北京昌平北七家村

洛神花

我们自台中乘高铁抵台南,再从高雄改乘自强号,经屏东去知本。列车在断续的隧道里横穿碧翠的北太武山。隧道的尽头便是台湾的东海岸了,这时太平洋出现在车窗外,它以浩渺的碧波迎接我们。

进入我们入住的富野宾馆,东部最初的温馨是高山族少女递上来的一杯饮料。清冽的、艳红的、浓酽的甜中带着微酸的美丽的饮料,它的美艳惊吓了我,我有点沉醉了。我猜是杨梅,是樱桃,是草莓,台湾的朋友都说不是。他们告诉我,是此地的特产洛神花。

洛神花，多么清雅而浪漫的名字！我说花莲这地方多的是高山的原住民，是何人给这僻野的花儿起这名字的？同行的诗人痖弦脱口而答：当然是曹植了！痖弦兄是我们当中最有学问的人，他的话你不能不信。我受了他的鼓舞，有点班门弄斧，接着"考证"：那曹植一定是到过台湾寻找宓妃了。众大笑。

在《洛神赋》中，洛神是一位美丽的女神。她瑰姿艳逸，柔情绰态，仿佛兮若轻云之蔽月，飘摇兮若流风之回雪。难怪才高八斗的曹子建对她一见钟情："彼何人斯，若此之艳也！"洛神花就是这绝世佳人的化身。台湾人说，这花因有火红艳丽的外表，散发着高山族少女在山峦间天使般的气息，闪闪发光惹人怜爱，她是枝头上的红宝石。

糖渍的洛神花色泽红艳晶莹，吃法如北京的蜜饯，尤宜浸泡冰镇后饮用，如饮仙醪。据载，洛神花原产印度，二十世纪初引进于新加坡和夏威夷，在花东一带广为种植，成为当地名产。

匆匆数日欢聚，痖弦兄即将回他客居的加拿大，我也要回北京。临别依依，他赠我两盒我们共同爱恋的洛神花，留下了我们对台湾的美丽、热烈而且甜蜜的记忆。

2010年4月24日，台湾归来，写于昌平

中天门的槐花

中天门的槐花在等我,等我到来时它盛开。

这是五月中旬,立夏已过了十多天,节气正进入小满。在山下,在平原大地,槐花已开过多时了。五月末是花事阑珊的季节。在我居住的燕园,早在三月,还是春寒料峭的天气,花就怯生生地开了。最早是山桃,它带着不驯的山野习性,似乎有点迫不及待。它开的时候,外面还不时飞舞着雪花。那花就经常这样被淹没在冰雪里,人们几乎辨认不出哪是花,哪是雪,只有有心人才知道这花的勇敢。山桃而后是迎春，迎春而后是连翘。到了五月，一年的花事就匆匆忙忙地开了个遍。到了荼蘼开花的时候，真的是"开到荼蘼花事了"了。所以，我感激中天门的槐花，它一直在等我。

而我却是姗姗来迟，让槐花久等了。早在年前，我就与山东的友人相约，待到今年的五一长假过后，游人的潮水退了，我们就登山。登泰山是我的夙愿，这愿望藏在心里已久，可以说从青年时代开始，数十年未曾稍忘。在我的心中，泰山是非常神圣的。泰山是中国文化的象征，那里留下了许多先人的足迹——诗篇、题刻，还有传诵千古的佳话。对于我来说，登泰山就是来向中国文化致敬，也就是朝圣。我早就下了决心，我要像信徒那样虔诚，从山下一步一步地走到山上。

怀着这样的愿望，从青年时代到中年，再到过了中年已是人生秋景的今日，我静待这个庄严时刻的到来。这一等至少就是半个世纪。中天门的槐花，就这样一年又一年地开了又谢、谢了又开地等着我的到来。今年很不平常，新年第一天就开始远行，从昆明到红河河谷，再从个旧北上丽江，来到玉龙雪山底下。春节刚过，再一度到济南。从三月末到四月末，我一个人从北京出发，福州、广州、梧州，从梧州经广州飞郑州抵鹤壁。我与温州有约，鹤壁的活动一结束，又急匆匆从郑州转道上海飞温州。而后，由温州而台州，而宁波。最后再从宁波返回温州。将及一个月的时间，十余次途经或停留诸多城市，应付着各不相同的任务和场面，承受着体力乃至情感上的深重考验。这一切，似都在为参拜岱顶做准备。

中天门的槐花在向我招手，我不再迟疑，第二次来到了济南，从济南出发，一路车行匆匆，当晚歇岱庙。次日早起，一瓶水，一架相机，二三位比我年轻的朋友相伴，我们就这样向着泰山进发了。一天门是一个起点，像一个使徒，我步履沉稳，心境端庄肃穆，一步步向着我的目标。过

"虫二",望风月无边。访经石峪,看泉漱经典的辉煌。回马岭,步天桥,满目晴翠,古碑凌云,苍松蔽日,中天门到了!登山近半,已见疲乏,中天门一带地势平缓,恰是舒缓身心的好时机。此地俗称"快活三里",是紧张之后的放松,大约有三里路程可以悠闲地走。这一段路,是迎接十八盘的艰难,向着玉皇顶最后冲刺之前的心境和体力的大调整。张弛有道,缓急有节,这就是泰山的神启。

那槐花充满了灵性,它感到有远客来临,顷刻间开放了繁密的花团。那花团如流云,如涌泉,把中天门上上下下所有的悬崖峡谷全给充填了。这种充填更确切地说,像是一种突如其来的占领。仿佛是一种电击,更像是一个无声的命令下的"军事行动",是那样迅疾,又是那样出其不意。我从来没有见过这么壮观的、从含苞到全盛的花的开放,仿佛是一个召唤下的瞬间的集结。日正中天,蝉鸣远近,佳树清荫,游人倦午。此时槐香悄悄袭来,向着人的鬓发，向着人的罗衫，是一种清雅，更是一种高贵。那花香，清清浅浅，浓浓淡淡，似聚还散，似有还无，如轻雾，亦如流云。牡丹不及它高雅，茉莉不及它热烈，艳丽的海棠又没有它沁人心脾的醇香。

我礼赞中天门的槐花，我更感激中天门的槐花。我礼赞它不加修饰的美丽，我感激它长久而深沉的眷恋。我要向槐花挥手告别了，我要带着它动人的牵萦和怀想，我要怀着我的热诚和爱意，向着岱宗的极顶攀登。我要在十八盘陡峭的石阶上洒下我真纯的汗水，我要在南天门上向我远方亲密的朋友送去我心中的红玫瑰。

2004年5月18日登岱顶
6月6日写于北京昌平北七家村

槐花约

友人从济南捎话说中天门的槐花开了,他记得我与槐花有个约定。十年前的此时,广袤的华北平原吹着暖风,时节已是仲夏,平原一片葱绿,槐花花事已过。那日清晨,相约几位朋友,步行登泰山,过斗母宫,过壶天阁,过回马岭,望不尽的奇峰峻岭,竟是一派令人惊叹的"青未了"!行约两小时,一曲艰难的盘山道走过,迎面而来的是一片开阔地,中天门到了!令人惊喜的是,在平原已过了季节的槐花,在中天门竟是以漫山遍野的灿烂迎接我:花若有待。我知道,槐花隐忍着推迟她的花期，她在等我的到来。

平原上的槐花我见过，在我的燕园，那里的槐花也很有名，未名湖山间的夹道旁，朗润园的湖滨山崖，春深时节也是满世界的芬芳。但那些花景是散落各处的，这里一丛，那里一丛，总在隐约仿佛之间。而中天门这里不同，是集聚性的、无保留的、竭尽心力的绽放，不是绽放，简直就是喷发！那情景，那气势，一如充盈在齐鲁大地无所不在的侠气与柔情，令人内心感到温暖。极目望去，眼前涌动着一片花海，白花花的竟是让人心惊的明亮。在道旁，在岭崖，在云岚氤氲的山谷，到处都是她飘洒的璎珞。浅浅淡淡的绿中泛着明媚耀眼的白，在明亮的阳光下闪着宝石的光芒。

多情得让人心疼的中天门槐花！为了迎接我的到来，她用那浓郁的、甜蜜的香气蒸熏着我，是蜜一般的甜，是果一般的香，是让人心醉的缱绻与缠绵。那年是我第一次登泰山，是我集聚了数十年的圆梦之举。我不是旅行者，也不是香客，我是一个朝圣者。我知道那山山势奇陡，数十里的山道，七千多级的台阶，还有那让人惊心动魄的十八盘，但我决心一步一步地从山下拾级而上，直逼岱顶。如信徒之神往伯利恒，如穆斯林之朝觐麦加，如玄奘之取经佛国，泰山就是我心中的圣地。我朝拜圣地，我坚持要用一步一步的攀登来表示我的虔诚，我要用一步步的跋涉来丈量它的伟大。

我知道它是天下众山之首，我知道它奇兀、险峭、壮美，但在我的心中，它不单是一座风景山，更是一座文化山。风景优美的山，并不罕见，而文化积蕴深厚的山，名世者稀。武当有道，普陀有佛，武夷有儒，泰岳却是集大成者。登泰山就是向中华文明朝圣之举，就是用自己的身体来阅读一部浩瀚的中华文明史。整个的中华文脉气韵都荟萃在它的山岚之间，那些历代帝王留下的封诰碑石，那些摩崖上的诗文墨迹，多少先贤的汗水和墨香播撒在泰山的盘山古道上。

我来北地数十载,所居的城市距离泰山并不远。我有诸多机会可以向它礼敬,因为景仰,所以肃穆,我总是惮于贸然登临。登泰山是我生命中的一个节日,我要在最庄严的日子,以最虔诚的心情,怀着最深沉的敬意,用我最郑重的方式表达我的敬意。这一说就是至少一个甲子的等待。我与泰山约定如金石,践约选择的就是那一年,那一月,那一日,那一刻。当日同行者四人,他们都是我的山东朋友:历复东、王路、侯成斌、毛树贤。感人的是毛老师,他当时已体力不支,为了陪我,强行至中天门。力竭,众人劝止,改乘索道至南天门迎我。毛老师于翌年病逝。

中天门似是久待后的欣喜,它以满山满谷的槐花云、槐花雪、槐花风、槐花雨,来回应我与它的心灵之约。当日我初学手机短信,在花荫之下向远方的友人送去芬芳的槐花的祝福。那次登临之后,我开始寻求再次登山的机缘。五年后重登泰山,陪同者易人，是诗人蓝野和尤克力，他们年轻，却也未免气喘。这是我的第二次朝圣。那是四月，山中微寒，花时尚早。从那时起，我暗下决心，相约以十年为期，重践我的槐花之梦。

这就到了此年、此月、此日、此刻。朋友记得我的心愿，他们生恐我误了花期，提醒我：中天门的槐花开了。我如听天音召唤，摈弃手边俗务，跃身而往。是日，朝发永定门，高铁如流光，午前直抵泰安。主客于"御座"杯酒言欢，相忆十年旧事：我曾为泰安一中百年校庆题字"一百年的青春"。我心有所萦，不敢恋杯，瞬即离座，款步登山。较之十年前，我身边多了几位陪同者，孟繁华和吴丽艳决心执弟子礼，一路自北京随侍左右。十年前陪我登山的四人中的王路和侯成斌欣然随行，加上胡长青及其朋友，六七人，均乃儒雅时贤，一路言谈甚欢。

午后二时抵中天门，但见满谷槐花汇成了溢满岱宗的香雪海。自2004年5月18

日首次登临，阅槐花盛事于中天门，至今已近十载。今日是2013年5月19日，相差一日，我如约前来，但见花事如海，依然真情如梦。十年旧约，两不相忘。都言花能解语，我言花有信、有情、有爱。中天门的槐花，齐鲁大地的情义之花。我将此种感受发至远方，回信说："永远的槐花之约，你开了，我就来了！"为了表达我对槐花的感激，也许可以改一种表述：永远的槐花之约，我来了，你就开了！

2013年5月19日，于济南舜耕山庄

岂止橡树,更有三角梅

鼓浪屿花荫下一座小楼

东海到了这里,接上了南海,一座秀美的城市出现在海天之间。飞机正在下降,机舱里传来亲切的闽南乡音:"人生路漫漫,白鹭常相伴,厦门航空是你永远的朋友!"

厦门到了。迎接我们的是阳光、浪花、海堤、帆影,还有星星点点的悠闲飞舞的白鹭。

厦门被称为白鹭之岛。这城市出现过陈嘉庚,也出现过林巧稚,一个普通的男人和一个普通的女人。

男人在东南亚种橡胶,一辈子省吃俭用,挣来的钱用来办教育。女人是个妇产大夫,她终身不嫁,一双手迎接过数不清的婴儿诞生。他们是伟大的平凡,也是平凡的伟大,他们是这座城市的骄傲。

鹭岛的南端隔着一道窄窄的海湾,几分钟一趟的轮渡可以把客人送到鼓浪屿。诗人蔡其矫赞美说,鼓浪屿是一座海上花园。我们现在谈论的舒婷,就住在这座花园里,她的家被绿树和鲜花所包围。

登岛,沿着弯曲的山路,十多分钟便到了舒婷的小楼。朋友们调侃说,不用问门牌,岛上的任何一个居民都知道舒婷的家。

诗人的家很美、很静、很温馨。海浪是她昼夜伴奏的乐音,花香装扮她绵延的梦境。

鼓浪屿上的很多居民都是旅居海外的侨民,这些侨民从世界各地,特别是南洋——马来西亚或印尼带回了不同的文化,其中包括房屋的建筑。鼓浪屿的居民把家乡建成了万国民居博物馆，而舒婷的家是鼓浪屿建筑博物馆中的一座。

中华路某号楼，山间一座僻静的院落，那里住着诗人一家。房屋是先人留下的，西式，两层，红砖建成。历经动乱，所幸得以留存。

舒婷的童年有温馨的母爱："你苍白的指尖理着我的双鬓，／我禁不住像儿时一样／紧紧拉住你的衣襟""为了一根刺我曾向你哭喊，／如今戴着荆冠，我不敢，／一声也不敢呻吟"。童年如梦般消失，小小的女子到偏僻的山村"插队"。闽西，上杭，太拔乡，砚田村。我到过她住过的小楼，楼梯窄狭，破旧，摇晃，窗口还晒着过冬的菜干。门前一道溪水，从远山流过她的门前。山那边还是山，她只能对着远山想家。

正是做梦的小小年纪，却是梦断关山。

工余，她悄悄开始写诗。诗中有一只小船，搁浅在荒滩上，无望地望着大海，似乎是在写她自己："风帆已经折断／既没有绿树垂荫／连青草也不肯生长""无垠的大海／纵有辽阔的疆域／咫尺之内／却丧失了最后的力量"。难道真挚的爱,将随着船板一起腐烂?难道渴望飞翔的灵魂,将终身监禁在荒滩?她对生活发出了怀疑和抗议。

黑暗的天空透露出一道明艳

不知过了多久,终于获准回乡。舒婷因失去升学的机会,只能做一名日夜守在流水线上的女工。日子过得刻板而乏味,"我们从工厂的流水线撤下,又以流水线的队伍回家来"。

她是如此不甘,希望有一片属于自己的天空。舒婷在诗中写道:"不知有花朝月夕,／只因年来风雨见多""人在月光里容易梦游,／渴望得到也懂得温柔"。

她有幸与诗相遇,她为获得这种表达内心的方式而欣慰。如饥似渴地偷偷阅读,还有蔡其矫先生开列的书单和笔记本上手抄的诗篇，聂鲁达、惠特曼这些中外古今优秀的诗人，唤醒了她潜藏于心灵深处的诗情。幸而有了诗歌，那是她在寂寞无望中的一线生机。

新的转机在向一代人招手。崛起的一代，还有归来的一代，年轻的和年长的，他们在无边的暗黑中划出了一道闪电。闪电划破天空，露出了云层外耀眼的阳光。

一代人用黑色的眼睛寻找明媚的阳光，一代人决心告别黑暗，寻找丢失在草丛的钥匙，还有夹在诗集中的三叶草。新的生活开始了，舒婷写出她的名篇《致橡树》。

伟大的时代尊重个人情感

20世纪70年代，劫后归来的蔡其矫痛定思痛，曾经发出真诚的"祈求"："我祈求炎夏有风，冬日少雨；/我祈求花开有红有紫；/我祈求爱情不受讥笑，跌倒有人扶持。"

曾经有过一个年代，爱情被否定和轻

蔑，两性间美好的情感被践踏和侮辱。一个小说家以充满反思的心情，寻找并重新确认"爱情的位置"。

那年代，性别的差异受到扭曲和错位，几乎所有的女人都换上男人的装束，性感几乎等同于不洁，女人和男人没有区别。爱情受到嘲弄，不仅没有位置，几乎所有的判断都指向：爱情有罪。

正是在这样的大背景下，舒婷关于自我情感的系列诗篇引起了人们的关注。

她独特的女性内心独白，以及私密性的情感的抒写，包括她的独特的审美风格——例如"美丽的忧伤"，被认为是脱离了"大我"大方向的、仅仅属于自私的"小我"的情绪。依照当时的惯性和成见，人们对她的写作发出了严厉的拷问，批判者指责她的创作失去了正确性。

置身这样大批判的疾风暴雨中，舒婷勇敢地向着她的批判者和更多的热爱者发出了她的"爱情宣言"，这就是《致橡树》。

她说，如果我爱你，绝不像攀缘的凌

霄花，借你的高枝炫耀自己。你是橡树，我必须是你近旁的一株木棉：

> 你有你的铜枝铁干，
> 像刀，像剑，
> 也像戟；
> 我有我红硕的花朵，
> 像沉重的叹息，
> 又像英勇的火炬。
> 我们分担寒潮、风雷、霹雳；
> 我们共享雾霭、流岚、虹霓

困苦与共，休戚相关，承担，相爱，而且必须是一棵树与另一株树并肩站在一起。

这样，《致橡树》就不仅是一曲无畏的"爱情宣言"，而更像是一纸向着歧视妇女的异常年代宣战的檄文，亦可视为一份女性自尊、自爱的"自立宣言"。

一首诗概括了一个时代，也惊动了一个时代。对于诗歌表现"小我"倾向的批判，一直伴随着对于朦胧诗长达数年的论争，而舒婷始终处于旋涡的中心。

幸好是我们所有的人都赶上了一个宽容和开放的时代，不仅写作的自由受到尊重，而且书写个人的情感也受到尊重。舆论的压力得到缓解，诗人终于赢得了广泛的认同与热爱，《致橡树》也因而成为新诗潮的经典之作。

我们由此得知，所谓的文学和艺术的时代精神，并不特指作品的题材重大；即使是个人"私情"也应受到尊重。《致橡树》无愧于诞生它的伟大的时代。

日光岩下的三角梅

现在，我们的目光还是回到美丽的鼓浪屿。步出舒婷小楼的户外扶梯，从菽庄花园的海上曲径到日光岩，大约就是半个小时的路程。

鼓浪屿用花香和琴声，也用浪花和蝴蝶，用白鹭快乐的飞舞引导我们登上了日光岩。这里有郑成功的战垒遗址，将军的目光依然深邃地望着南部亲爱的海疆。

此刻，所有的窗户都垂挂着鲜艳的三角梅，从花丛中飘出的是钢琴叮叮咚咚的声音。

这座花丛中的小岛，家家都有琴键敲打的声音。这里走出了许多优秀的钢琴家，这里不仅是诗之岛，也是琴之岛、音乐之岛，有遐迩闻名的钢琴博物馆。

不久前，我再次访问鹭岛，在集美学村的一个集会上，我难以抑制内心的激动，我赞美这座浓荫笼罩的海上花园，我说，鼓浪屿的琴键一敲，日光岩下的三角梅就开了！

舒婷写作《致橡树》仅仅是一个开始。她不仅找到了消失了的爱情，而且肯定了爱情的价值和位置，更确立了爱情中的女性的尊严。

《致橡树》只是一个开始。

随后，1981年写《惠安女子》："天生不爱倾诉苦难／并非苦难已经永远绝迹／当洞箫和琵琶在晚照中／唤醒普遍的忧伤／你把头巾一角轻轻咬在嘴里"。1983年写《神女峰》："美丽的梦留下美丽的忧伤／……沿着江岸／金光菊和女贞子的洪流／正煽动新的背叛／与其在悬崖上展览千年／不如在爱人肩头痛哭一晚"。

是艰难的岁月唤醒了她的诗情,是四季开花的多彩多姿的三角梅给了她美丽的灵感。她有美丽的忧伤,忧伤使她成熟。

岂止水仙，更有蜡梅

冯友兰先生居住燕南园的时候，女儿宗璞夫妇陪侍。素琰①与宗璞有文字之交，每年春节前，她总会给冯先生府上送去她亲自培育的水仙花。此是惯例，延续多年，宗璞也是欢喜。素琰送花，我有时也随同探望。有一次宗璞兴致甚高，说冯府有松三株，堂号三松堂。当日松荫下玉簪盛开，我说，若松是家树，玉簪则是家花，众人喜乐！冯友兰先生仙逝后，宗璞移居别宅，花事于是不继。但是每年冬天总有好心的朋友没忘了寄送家乡的水仙花来。寄来的

---
① 陈素琰，1934年生，江苏南通人，谢冕夫人。

水仙，有的是原始的球茎，有的则是雕刻后的花苞。这样，我家始终如一的年宵花，就是水仙。我是福建人，素琰也来自长江边，从大处讲，我们都是来自江南。我们爱花，尤其爱水仙。

家乡福建，地处亚热带，气候温湿，终年少见冰雪，闽南厦门、泉州一带更是四季如春。福州还好，我年幼时过冬只靠一件羊毛衫御寒，有时偶见雪花如飞絮飘舞，幼年的我等，欢喜若狂。一阵欢呼声中，大家齐奔院外，或撑伞，或以衣裳兜住那零星的雪花，使之滚成小珠，把玩良久而不释手，此乃南国冬日少有的欢愉。古人云，小时不识月，呼作白玉盘，我辈则是把罕见的雪花当成了稀世珠宝！

在家乡，冬日也有零度上下的寒冷时分，玩雪是罕有的快乐，而围着火炉御寒则是日常风景。每当此时，屋外雪花纷扬，案上一盘鲜红的橘子（福州方言，橘音吉，是民间普遍认同的吉祥物），室内则是水仙花静静伫立一旁，发着幽香。想起家乡年

景，总脱不了可爱而美丽的水仙。水仙是解语花，她终岁不声不响，只是在沉默中酝酿她的花苞。在百花盛开的季节，看不到她的身影。只在冬寒时节、众花开过、繁华散尽，她才悄然出现。她知道冬日萧索，百卉凋零，她是仙女下凡，生来专为慰藉人间之寂寥的。

所谓伊人，在水一方。水仙，水中仙子！不知是谁如此多才，居然给此花以如此多情的名字！水仙的确没有辜负人们对她的厚爱，她远离污垢，只需一勺清水，便卓然自立，冰清玉洁。简洁而端庄的花瓣，不疏不密，排列成一朵朵让人喜欢的笑靥，宁静而淡远。这花开在挺立的花茎的顶端，花心金黄，花瓣洁白如玉。而衬托她的，则是碧绿发亮形同河滨菖蒲的叶片，从那里吐出早春时节带着水雾的清香。

因为生在南方，长在南方，北上求学前我没有经历过，也不识冬日的严寒，不知北风的刺骨之痛，更不知戈壁冰峰的凄厉。年幼时学习作文，有一次我别出心裁，

"为赋新词强说愁",居然写了一篇文字:我爱冬天。后来真的到了北方,知道冬天并不如想象中的那么"可爱"。但说实话,冬天的严酷最能勉励人的意志。南方温柔,却也易使人耽于安乐。北方的寒冽最能磨人筋骨,促人坚定。北方的冬天漫长,人的生命处于漫长的期待与忍受之中,向往逆向而立的境界,这就是冬天的"可爱"之处。

善解人意的水仙就是这样出现了,出现在众芳退后的寂静,出现在人们的渴望之中。她是温柔,她是爱意,她是苦厄中的暖心之物。令人欣慰的是,水仙并不孤单,她有她的"蜜友"陪伴,这蜜友,就是同样不畏风寒,同样以她的爱心在寒冷中抚慰人心灵的蜡梅。旧时在福州老家,乡间木屋背倚一座梅花山,每当冬深时节,梅花迎寒吐蕾,甚是迷人。梅是凌寒仙子,品格与水仙同,她们情同姐妹,同样在严寒萧瑟的时节出现。

梅种类繁多,此中极品是蜡梅。蜡梅

生性矜持，不多见，却是我的最爱。那年在家乡母校遇见一位画家，他深知我之所爱，画了一幅蜡梅送我，此画珍藏至今。壬寅凶狠，流年索居避祸，劫后重聚，一友人从远方携来一束蜡梅见赠，欣喜莫名。蜡梅开在寒冻时节，色泽暗黄，似是染了一层浅浅的蜡，端庄典雅，静若处子。这束来自秀美兰溪的蜡梅，唤我幽思，贻我温情，伴我度过灾难过后的感伤。她同样静静地伫立于我的案头，成了水仙的亲密伴侣。她们深情地抚慰我。水仙欣悦迎人，而蜡梅显得低调，她色彩潜暗，不显眼。开着花，却是半闭半张，睡眼惺忪，只是幽幽地吐着暗香，惹人怜爱。蜡梅寒瘦，冷艳，枝干斑驳如铁，温容中显着坚定与沉着。疏影横斜，冷月清风，有着深藏不露的高贵与典雅。先前在我居住的城市，有人画梅有"专攻"，求者盈门。其画不论梅的品类，满目皆是"繁花似锦"。满纸的富贵相，彻骨的媚俗，深恶之！

古称，松竹梅岁寒三友，遥想冯友兰

先生的雅舍，三松"家树"可在，玉簪"家花"可在？先生远行久矣，宗璞也是阔别多年，思念深深，唯有水仙和蜡梅慰我寂寥。多年前我在闽南某校短期任教，曾为文曰"花的使命是创造春天"。友人不忘旧谊，去岁曾以此为名为我祝福。花的使命是创造春天，我们在春天里面对似锦的繁花，感谢百花的多情。而在冬天的严寒中，更感激亲爱的水仙和蜡梅，为我们驱走周遭的寒意。

前些年我写过一篇文章，是关于一位诗人的。我用的题目是她笔下的花的意象：岂止橡树，更有三角梅。我喜欢这种叠加趋进的句式，敝帚自珍，这次来了个"自我抄袭"：岂止水仙，更有蜡梅！

2023年3月6日，此日癸卯惊蛰

我与紫藤有缘
——紫藤学堂记

记得早年读过一篇散文,是写紫藤花的,那时我还不识紫藤花,篇名却记住了,好像是"快阁的紫藤花",快阁像是一个地名,风景点,记不清了。后来求学到了燕园,中文系的驻地从文史楼搬到了五院。五院有一架紫藤,沿墙垂门而挂。花开时节,一片紫玉铺天盖地,仿若是无尽祥云自天而降,又似万顷波涛奔涌而至,道不出、说不出的奇妙!无以言状,急不择言,倒是发自心底一阵惊呼:一架藤萝深似海!近年中文系又搬了新居,五院还在,紫藤依旧。燕京学堂成了五院的新主人,董强院长是我们的老朋友，藤萝为媒，我们一下成了"亲戚"。紫藤是未曾明确的中文系"系花"，同时也是燕京学堂的"院花"。美丽万端的紫藤总伴着我，我与她有缘。

世间万象，说大也大，说单纯也单纯，说巧也真巧。这些年我与我的中学母校有了较多的联系，学校廖素娟校长办特色班，已故的陈景润学长（他在初中高我一级）领衔数学班，我则是忝列文学班为指导老师。我和陈景润是中学校友，我们的中学母校是原先的福州私立三一中学，即如今的福州外国语学校。三一中学是圣公会办的，如今的校园里，旧日的礼拜堂前，也曾有垂挂如海的几架藤萝。今日保存完好的、当年的俄国领事馆前，年年也都有盛大的紫藤花事。福外的师生热爱紫藤花，也指定紫藤为校花。学校有个紫藤诗社，我被聘为诗社顾问。前些日子我曾亲临现场，为紫藤诗社授匾。就这样，北大中文系、燕京学堂，加上三一中学，这些异时异地的诸般风物，因为一架盛开的紫藤而结成了"姻亲"。这岂止是花,这更是情,甚至还是历史!真的是:一架藤萝连接了过去、现在和将来,一架藤萝连接了继往开来的几代学人。

一席关于紫藤花的话题,如今被这样郑重其事地提出,皆因一座楼房的命名所引起。话有点长,还是长话短说。近日,福州市政府应福州外国语学校的申请,拨了一座古厝给学校做关于文化和文学的展示活动场所。因为我曾给学校题赠"钟声犹在耳,此树最多情"的石碑,福外母校念我旧情,愿意借此楼为我留点纪念。我深谢,并私下表达了意愿,我的表达得到校市领导的谅解。话说这栋古厝也真有来历,原先的主人是福州名产脱胎漆器的创始人沈绍安先生(古厝原是沈绍安兰记漆器店,是沈绍安的后人沈幼兰开设的),是兰记沈绍安原先的店堂和居所,现已列入福建省的文物保护名录,目前正在修缮中。

兰记沈宅,三层楼房,前店后厂,有房三十余间,占地七百平方米,是一座砖

木结构的华丽殿堂。我那天冒雨察看了施工现场，看到了它绕宅的室内游廊，还有游廊沿边的美人靠，甚是雅致。古厝的传人现已无考，房产已归福州古厝集团管理。前些时我和学生访问故乡，慎重地建议将此地办成南台岛上文化传播的新景点，成为我的母校师生学习教学的另一个课堂，为此我们对它的命名颇费斟酌。有的朋友希望取名采薇阁。了解我的人知道，采薇阁是我在北大创立中国诗歌研究院用过的名字。他们希望这座院落与朗润园的采薇阁保持一种延续性，从而给后学留下一种念想。这当然是他们的好意，而我则希望尽量淡化和消减事关个人的一些联想。

就这样，古厝摒弃了目下流行的以个人冠名的纪念馆或文学馆模式，最终以我建议的紫藤学堂定名。我们议定，今年就将揭幕迎客。这座学堂的建立和开放，对于我个人来说是圆梦的过程。现今的紫藤学堂，屹立于福州市仓山区的塔亭路上。周围几公里内，多处都有我少年时代的足迹，那曾是一个早熟少年做梦的地方。由学堂往西数百步，位于麦园路上的麦顶小学（原先的独青小学）是我上小学的母校之一。麦顶小学所在的麦园路上，1948年为纪念辛亥革命前辈黄展云先生而修建的鲁贻图书馆①仍然完好，那是我少年时可以免费阅读书报的场所。福州地处亚热带，夏季艳阳如火，鲁贻图书馆清雅静谧而阴凉温馨，是我这样一个穷学生当年避暑读书的好去处。几十年来，我总怀着感恩的心情怀念它。紧挨着紫藤学堂，马路对面，是梅坞。那里曾是一座梅林，冬日一片香雪海。我的语文老师余钟藩先生的家，就在梅坞的花丛之中。出梅坞沿立新路前行数百步，便是我的母校三一中学。我在那里接受伟大的爱心，并与当年的师友共度艰难岁月，是我扬起人生理想风帆的港湾。

紫藤学堂屹立在烟台山下，从那里可以眺望秀丽的闽江帆影。闽江悠悠流过万

---

① 黄展云，字鲁贻，早稻田大学毕业。曾任孙中山先生秘书。

寿桥,在中州岛画了一道美丽的弧线。观音井下来便是下渡,那里出现一片楼台,银行、海关、仓储、商铺、俱乐部和医院,记载着五口通商之后的喧哗。那一年,一个少年在烟台山下听到远方的召唤,真情向往"山那边好地方",毅然走向战烟弥漫的海疆。一别经年,心中放不下的是年迈父母的惜别泪痕,是这些念兹在兹的街陌楼台,以及那些山,那些水,那些镌刻在泥泞路上的模糊的足迹。

江流宛转,山影凄迷,屹立江滨榕荫下的紫藤学堂,正以感恩的心情迎邀来自四方的宾朋、莘莘学子和后学传人,欢迎他们与我一道回味那些年,那些日月,那些憧憬和向往,更欢迎学界同人来此传道授业、读诗品茗。紫藤花盛,榕荫鸟喧,我等情重。可以瞻仰前人雅致,亦可以乱点时代风云。把酒桑麻,感慨时艰。近可对缕缕茶香闲话鸥鹭,远可以凭栏俯视万类,发思古之幽情。友朋雅聚,无关利害,此乃人生至乐!彼时彼地,也许我在,也许我不在,但我心总在!那么,诸位请了,我请诸位小坐片刻,暂时忘却周遭无尽的忧烦,饮一杯免费的清水,或品一杯并不免费的咖啡或茶①。

2023年8月12日于北京大学

---

① 借此机会,我有一段轻松的插话。二十世纪某月某日,我怀揣二十五美元"批准外汇"参加国际会议。在伦敦大学,我欠了剑桥大学教授一杯答谢咖啡,愧悔至今。目下国人日渐富裕,再无我当年的"咖啡之叹"。故此处特标明"不免费",此乃含泪之笑也。

花事

下

高秀芹

题记

写花,是写事
写童年,写记忆
记忆中的童年
童年中的记忆
每一种花自有花期
每一种花都有使命
开花有时
凋谢有时

木本花

明明是一株花,
却长成了一棵树

木槿花

从我有记忆起,我家门外就有一棵高大的木槿树。

开花时我爬上树摘花吃,花瓣几层,层层粉色,花心是嫩绿中带点黄色。小孩子摘了放在口中嚼,甜而黏,越嚼越甜,越嚼越黏,像魔术,一种花的魔术,让孩子着迷。

不过是一种花,为什么越嚼越甜,越嚼越黏呢?小孩子并不知道的,只觉得是奇迹。那时候,我不过五六岁的样子,经常爬上我家高大的木槿树。在小孩子眼里,那棵木槿树很高大,长大后问哥哥姐姐,说是长得很大，也没有那么高大。

二哥记忆力惊人，很精确地记得老家所有的东西，他比我大六岁，比我高很多，比我记忆好。有一天，我实在想知道那棵木槿树到底有多高，就问二哥："二哥，以前咱家那棵木槿树估计有多高？"

二哥说："两米半左右吧。"

那不过是一棵普通的木槿树，于我，就像仙树，像人参果的树。

那是我最美的童年。

花开时，满树都是粉红色的花，如云。

树干有碗口粗，顺着树干爬上树，坐在两个树杈上，摘一朵，放在嘴里，越到花心，越甜，像蜜。那时候还没吃过蜂蜜，听大人说，我们的生活比蜜甜。被蜜蜂蜇过，手上立即起了一个水泡，大人安慰说："有蜂蜜涂上就好了，蜜蜂自己酿的蜜。蜂蜜是最甜的。"吃到木槿花的花心时，甜，想起这是不是大人们说的蜂蜜呢？

偶尔，花心里有蚂蚁。它也喜欢吃甜。

黑而精巧的蚂蚁，跟我争夺木槿花的甜。遇到蚂蚁，让它先吃，不小心吃到蚂蚁，会有一股酸味，才知道有蚂蚁在花心，被吃掉了。以后就万分小心，先看看有没有蚂蚁再吃，有蚂蚁让蚂蚁逃跑，把蚂蚁弹到地上，这才放心了，可以吃了。

这是我小时候吃到的最好的东西，是一朵花。

物资匮乏时期，我家生活还好，爸爸在外工作，每月有固定工资。即使如此，物资还是匮乏的。有了好吃的，娘舍不得给孩子吃，要留着人情往来，直到东西快坏了，才分给孩子们吃。家里孩子多，每个人分不到多少，一个苹果分着吃，刚解了一点馋就没有了。

木槿花竟然成了物资匮乏时期可以无限吃的好物。

我爱上花一定跟木槿有关，童年记忆中的甜是木槿花给我的。湿润的甜，花瓣里有水分，花蕊里更多，经常有小水珠，更甜了，如同结晶体的甜。后来才知道结晶的冰糖也是这个甜的，甜是小孩子最喜欢的，甜是本能的方向，哪个孩子不喜欢甜呢？

没有糖，没有蜜，有木槿花。

这些粉色的花瓣，一层，两层，三层，

好看，好吃，作为花，已经很好看了，还可以吃！这是世间的美物吗？叶子光滑，摘一片叶子揉揉，吃下去也是黏的，碰巧枝条断了，好奇地放在嘴里咀嚼，树皮也是黏的，嚼在嘴里，光滑，越嚼越光滑。很多年后摸到一种叫丝的物品，又想起小时候木槿花的树皮。

有一年去韩国首尔，路边全是木槿花，导游说，木槿花是首尔的市花。看过去，不过单层花瓣，潦草而单薄，比我记忆中的木槿花逊色不少，但是那花瓣，那叶子，分明是木槿。大自然真奇妙，同一种花，同一个名字，有三层的，有单层的，如同人类有单眼皮，有双眼皮，有胖有瘦，各有千秋。

因为首尔的印象，再看木槿花就有了不同的认识。在北京街头看到的木槿花跟首尔一样是单层的，粉色，颜色一样，叶子一样，枝干一样，我因为见了首尔的木槿花，也有了一定的知识，不苛求人一样，

更不苛求花一样。

木槿花,我童年的花,带给我温暖和快乐的花,粗糙的童年因为有木槿花而有了温柔的记忆。

金银花

我家迎北墙有两株金银花,春天发芽,初夏开花,一直开着,童年就被金银花的芳香所覆盖,香而浓烈。

金银花成了我家的代言,到我家的人都知道我家有金银花,陌生人根据邻居的描述找到我家时说:你家门口迎北墙有金银花,没想到世上有这么大的金银花树。

小时候只听到音,不知道字怎么写,并不明白什么叫迎北墙。后来才知道,就是家里的"屏风",街门进来,不能直通门口,有个遮挡。迎北,也可能是为了挡住北风,一堵墙,挡在大门口和庭院中间,

大门开，先看到的是爬满墙的金银花。

　　金色的，黄色的；银色的，白色的。金银花就是黄色和白色的花，枝蔓纠缠在一起，叶子表面不光滑，有一种毛茸茸的感觉。金银花像细而长的小喇叭，一簇簇的，爬满整个墙，有三四米宽，一米半高，出门进门都要经过开满金银花的花墙，随手摘一簇，戴在头发上，满头都是芳香。

　　北方的冬天总是寒冷的。金银花落光了叶子和花，只剩下弯曲缠绕的藤蔓，整

个冬天毫无生趣地横亘在墙根。迎北墙裸露出真实的样子，不过是灰白的墙面，呈L形状，北风出来，墙挡住了狂风，那些蔓过墙顶的细枝被风吹到地上。枯枝落叶扫在一起，烧火做饭，一锅地瓜煮熟了，家里散发着热乎乎的甜味，手里捧着热烫的地瓜，再冷的天也能过去。

冬天来了，春天还会远吗？迎北墙上那团纠缠不清的虬枝上有绿色的嫩芽了，小孩子总喜欢新奇，看到新芽就跑回家告诉大人，金银花醒了。

很多年后在药店看到有金银花卖，才知道金银花是一种药用植物，也叫忍冬，因为其凌冬不凋而得名。《本草纲目》记载，忍冬性甘寒，清热解毒，消炎退肿。嗓子喉咙上火，用开水泡金银花喝去火消肿，还有厂家专门用金银花做凉茶，是夏天降暑的好饮品。每次看到作为药用的金银花，总是想到我家爬满迎北墙的金银花。爷爷种植它好像并不是为了药物价值，记忆里家人从来没有摘来泡水喝的，它是我家的一部分，有墙，有花，金银花名字吉祥，寓意深远。我家院子大，半个院子都是香的，后来在北大校园里遇到开花的忍冬，闻之，一点不香。

很后悔小时候没吃金银花，而去吃木槿花。

凌霄花

凌霄花是像梦一样的花,如同一首清爽的诗。

在我的童年记忆里,凌霄花就一直在我家西边的院墙上盛开着,好像我从记事起,凌霄花就在。童年记得第一首诗是刘邦的《大风歌》,大姐和大哥谈论这首诗,我凭着音竟然一直记得。上大学读古典文学作品时看到刘邦的《大风歌》,恍然如看到老朋友,音容笑貌在,凌霄花旁的却不是那个人了。《大风歌》的文字竟然是这样的:

大风起兮云飞扬

威加海内兮归故乡

安得猛士兮守四方

当时只记得音，大风，云飞扬，跟凌霄花同时成为我童年记忆的底色，张扬的，坦荡的，自由的，向上的。看到汉字的《大风歌》才知道这是一番大胸怀大格局开疆拓土的豪壮慷慨之歌，细细想来，凌霄之字何尝没有如此豪情壮志呢？看似毫无关系之诗与花，因为在童年的时间里同时发生，花开，诗言，竟然弥漫混合在一起，在《大风歌》激越的调子里，凌霄花凌空盛开。

凌霄花是爷爷种植的，爷爷大概喜欢爬藤类的花，迎北墙的金银花也是爬藤的花。爷爷为什么在西边院墙种下凌霄花不得而知，起码可以看出爷爷的审美理想，他喜欢花，尤其是爬藤的花。他什么时候种植的，现在也不得而知。推算一下，我家盖房子时间是1971年春，从我记事起凌

霄花就爬到墙上，主干有胳膊粗了，很茁壮，很庞大，我记事晚，估计要五六岁了，大体推断，房子盖好后爷爷就种了凌霄花，我看到它时大概有六年时间了。

爷爷是1978年冬天去世的。我对爷爷的印象有些模糊，一个清瘦奇绝的老人。爷爷病了一个冬天了，家里人把爷爷的送老衣裳拿出来，小孩子看到那些颜色夺目的衣裳有些恐惧。老家的风俗是谁家里死了人，要在大门上贴上寿纸，表示家里有人去世。我每天放学到家第一件事就抬头看门上有没有贴上寿纸，一看没有，心里一块石头落了地，轻轻松松地大步跑回家。

那时我九岁，也许记忆中的凌霄花也九年多了，才如此挺拔豪放。作为一个农民的爷爷，一般不会种凌霄花这样寓意高远的花，但爷爷跟一般农民还是不一样的，他读过六年私塾，作为村里第一个共产党员，既有对党的忠诚，也有个人的审美品位。我从家人（爸爸和大姐等）的叙述中感觉爷爷是一个儒雅、执拗、有个性的人，他大致有三个特点：一是喜欢讲古，叙述故事，讲述三国和水浒等故事。二是他喜欢交朋友，还有能力交到朋友，爷爷交的朋友下一辈人还会继续来往，比如站上老李家就是爷爷交的朋友，小时候吃"国家粮"的老李家给我糖吃，爷爷去世后，我家跟老李家一直走动，直到我家搬离。三是爷爷喜欢洁净，爱干净，一丝不苟到严苛，他半个月要到县城去洗一次澡，坐火车到胶州县城，先洗澡，再吃饭，买十个炉包，自己吃五个，带回来给我和妹妹吃五个。另外，他有一分园地，精耕细作，用手揉碎每一块土坷垃，娘说你爷爷种地像绣花。有一年他在自己的园地里种的麦子刚出苗就被婶子家放养的鸡吃了很多，爷爷从此就跟婶子家的鸡成了仇人，他拿着拐杖追着那些鸡不放，为他的麦苗报仇雪恨，以至于我家的鸡都怕他，爷爷打个喷嚏，我家的鸡就呆若木鸡、一动不动地看着他。

爷爷像个戏剧人物，唯美，令人痴迷，

看爷爷留下的不多的照片，帅气逼人，美髯公的帅。有一年请北京大学冯健教授画我五世老祖画像，用爷爷的照片做底子，画出来的五世老祖英俊倜傥。爷爷种植凌霄花这件事可以看出爷爷不是一般人，他很唯美，他喜欢向上的花，凌霄花卓尔不群地向上攀爬，凌空而开，浩然正气。

上大学时读到诗人舒婷的诗句：

假如我爱你
绝不学攀缘的凌霄花
借你的高枝炫耀自己

我为凌霄花感到委屈，它何曾想炫耀自己呢，它努力攀缘，都是自己的努力，自己去攀缘，自己去攀爬，努力向上，努力成长。当然，舒婷在此要以凌霄花来做比喻，比如爱情，女人不要像凌霄花，要借助墙或者其他物去攀缘、攀爬，要依附在一种物体上才能成就自己，而要像两棵树，并列站在一起。从爱情自由个性独立来讲，舒婷的比喻恰如其分，比喻乃此物比彼物。

凌霄花确实要攀缘，要借助墙体来攀爬，我家的西边院墙很高大，凌霄花沿着墙体攀爬，叶子密密麻麻，如一张图，中间叶脉，两边均匀分布着四片叶子，每一片都呈椭圆形如花瓣，这样的形状很优雅可人。你看过凌霄花吗？什么颜色的？我家的是那种杏黄色，一簇簇，细而长，喇叭样的花，喇叭呈四个花瓣状。这样的颜色，这样的形状，简单迷人！尤其是雨后的凌霄花，更加招人迷恋，喇叭花瓣上滴着水滴，几朵拥簇在一起，一家相亲相爱的美人，谁也不嫉妒谁，谁也不排挤谁，都张着口呼唤着美好，攀爬就是要在高空开个花，理想高远，谁懂我心？

爷爷是懂得凌霄花的。爷爷在世时，凌霄花开得旺盛饱满，爷爷去世后，我家的凌霄花有点衰败潦草，不知道是因为没有爷爷照顾它，还是花解人事，知音已去，花能解语乎？！

百日红

俗语：人无百日好，花无百日红。我小时候还真见过一种花唤作百日红，可惜不是我家种的花，是小学老师李老师家种的花。

百日红，一棵开花的树，一簇簇紫粉色的花，不是一簇簇，是一穗穗，从树干和叶子中间冒出来，静谧，喜悦。李老师家有一棵百日红，我常从花下经过到老师屋子交作业，也就记住了名字和花，那花从春末夏初一直开到晚秋。

我们小学老师就两个女老师，一个胡老师，一个李老师，小孩子背后简称她们

"狐狸"。胡老师胖而白皙，水平高，年长些；李老师长得很漂亮，眼睛很黑，皮肤也黑，声音好听，嘹亮而清爽。我喜欢听李老师读课文，如泉水般叮咚响着，当时正好流行歌曲《泉水叮咚响》，李老师的声音就在我们简陋的教室和百日红树下响着。

我因为这声音，很想去李老师家交作业，我也因为交作业，可以去看百日红。这棵花树高大繁茂，鸟儿婉转地在叶子和花间跳来跳去，一个暑假，百日红都是红的，它的名字叫百日红，要对得起自己的名字，或者说当初起这个名字也是因为花开得持久。

后来，在北大校园里看到百日红，花树上挂着牌子：紫薇——北大生物系学生给燕园草木做的标识。天哪，小时候的百日红正式名叫紫薇，一个多么诗意的名字。百日红，虽然真切，但是俗了，紫薇紫薇，何其美妙！当时正在播放风靡全国的电视剧《还珠格格》，里面有个美丽善良懂事的公主叫紫薇，紫薇名如其人，名字要配得上人，人

要配得上名字,何人有幸唤紫薇!

紫薇花期长,可达六到九个月,看来"百日红"也是个虚指,就是为了表示花期开得长,可达百日以上。山东偏冷,从五月开花到十一月衰败也有两百多日了。植物学史上说,紫薇的名字来源和北极星有关,北极星又名紫薇星,星象学中称为"万星之主",代表着尊贵和福祉,所以民间有语:门前种紫薇花,家中富贵又荣华。白居易有诗句,"紫薇花对紫微郎",可见唐朝时紫薇就有美好的寓意。

我现在还没搞懂紫薇花和北极星的关系,也没搞懂民间种紫薇所带来的福祉。我们村唯有李老师家有一棵百日红(紫薇),老百姓如果知道花的寓意,便都会在庭院里种紫薇,何况紫薇也不难养活,耐旱,是千屈菜科紫薇属的落叶小乔木或灌木植物,插种好,皮光滑,不生虫,年年发芽开花。

小时候我以为百日红(紫薇)是很稀缺的花树,因为只有李老师家有。我因为这棵叫百日红的花树,对李老师的敬意陡然提升了不少。"狐狸"(胡李)明争暗斗,两个女老师每天在一起,总要有一些鸡毛蒜皮或者评优秀老师时的"江山社稷"之争。我虽然更喜欢胡老师的课,但因为那棵百日红,多去了李老师家几趟,陡然生出对李老师的亲近。那是唯一一棵百日红啊,多么稀罕,多么珍贵!

后来发现燕园里到处都是百日红,除了常见的紫红色,还有白色。先入为主,我总觉百日红就要是红的,所以紫薇自然天经地义是要紫红色,白色的紫薇单薄而名不副实,徒有虚名,白色的百日红多么荒谬哇!这可能是我个人的偏见,白色紫薇自有特殊的美,而我被紫红色的百日红所占领,百日红,就要紫红色!

石榴花

爷爷经常念叨：石榴花开胭脂红。

他说这话时，一定对石榴树充满了期待，他呼唤石榴开花。

爷爷在我家院子里种了金银花和凌霄花，还种了一棵石榴树。

爷爷真的是爱花人，他精挑细选的花都合乎他的审美理想，攀爬，木本，种下去后来年继续成长，他是依照种树的理想来种花，他把花当树种，木本，开花，落叶。

石榴树是开花又结果的树，可看、可赏、可观、可食，兼顾审美和实用。

每年五六月开花，石榴花开胭脂红，妖娆可人，"五月榴花照眼明，枝间时见子初成"，从一个葫芦样的瘦肚子里突然爆炸出胭脂般的红花，簇簇新鲜，打着皱褶，如同一朵彩云被妙手折来揉去搓成一朵花，艳丽夺目。石榴花开花落，爆炸的能力又收回葫芦里，葫芦状的肚子越来越大，成了一个圆形或者椭圆形的球，球里是一颗颗晶莹剔透的籽，直到熟透的石榴籽挤破了皮，娘看到挤破的石榴说："石榴笑了。"

从花到果,从胭脂红的石榴花到饱满的石榴籽,石榴的人生很圆满。花色佳,果实好,还寄托着中国老百姓的美好愿望,他们喜欢看又饱又圆的石榴,喜欢石榴多籽,寓意多子多孙。

我家石榴花的胭脂红娇艳欲滴。大千世界,万物变迁,石榴树的品种有五百多种,虽然之后在各地看到了不同的石榴花,但我家的石榴花最艳丽明媚,是那种耀眼而不夺目的清淡橘红。

石榴花开,是我和妹妹的节日,娘教我们怎么辨认公花和母花,瘦而长的葫芦是公花,胖而短的葫芦是母花,公花不结果,只负责好看。娘剪下好看的石榴花插到我跟妹妹的辫子上,我和妹妹蹦蹦跳跳地出去找小伙伴们玩耍,左邻右舍就知道我家的石榴花开了。

"王母庭中亲见栽,张骞偷得下天来",石榴是丝绸之路的硕果,原产地波斯,今天的伊朗阿富汗等地。来自西域的石榴深受中原人们的喜爱。爷爷是个挑剔的人，他种的花都与众不同，这株有两米高的石榴树就是一个明证，人家的石榴是甜的，我家的石榴是酸的，好像种石榴不是为了吃，是为了看胭脂红的花，为了看饱满的果。我还很清晰地记得小时候吃下酸石榴籽的场景，我和妹妹比赛吃石榴，一人眼前一小堆石榴籽，我往嘴里扔一颗，妹妹往嘴里扔一颗，真酸，酸得想流泪，强忍着，一颗两颗三颗，不到十颗就酸到比赛停止。爷爷为什么在院子里种植这么酸的石榴，不得而知，也许当初被人家骗了，想栽种一株石榴树，酸的甜的要结出石榴才水落石出，等结石榴时树已经长大了，看看胭脂红的花，爷爷就心满意足了。

这只是我的猜测，爷爷已经去世四十多年了，娘也走了快六年，爸爸现在耳朵也不好了，他当时在外工作，家里的事都是由爷爷和娘做主。又过了很多年，石榴树越长越高，花开得少了，果结得也少了，娘终于找人砍掉了这株石榴，在原来的位

置上种了一株甜石榴。后来我离家求学远行，也不知道这株石榴甜不甜，好吃不好吃。

  对于爷爷来说，石榴花开胭脂红，就够了！

月季花

爷爷喜欢花,在院子里种了木本的金银花、凌霄花和石榴花。

娘也喜欢花,在院子里种了月季花,每月都开花。

我家院子很大,小时候感觉从街门进来要走好远才到正屋门,一条半米宽百米长的小石头路,连接街门和正屋门,石头小路两边是泥土,东边院墙外是东湾(池塘状,圆形,地势低,全村雨水流进来),东湾边上有十多棵双手搂不过来的大柳树,还有三四棵高挺的槐树,这些柳树和槐树都是我家的,都是爷爷亲手种植的。大柳

树太茁壮了，枝条垂到院墙上，夏天光着腚的男孩们爬上柳树，在柳树上张望我家。在孩子们眼里这家人院子那么大，有些神秘感。大人抬头看到张望的孩子，孩子把柳条当滑梯，出溜一下，扑腾腾滑到东湾水里。

有胆大的孩子看到了我家水井边的月季花，夏天的月季正在怒放。当时很多人家从村外的井里挑水喝，水甜，他们还说家里院子里打的井水懒，懒水对应着甜水，水发涩，没有润滑感和甜度。娘不信这个邪，请来专业打井队在我家院子里打井，专业人士说把井打得深一点，就能找到甜水。打井队打到第二天，找到泉眼了，尝了一下，还是懒水，继续向深里打，又找到新的泉眼，尝尝还是懒水，只好作罢。好在人不愿意喝懒水，植物喝可以，我家院子里的各种草木果蔬有水喝了。

井打好后，娘在井上安装了机械的压水泵，摇着把手借助压力把水从井里抽上来，压水井涂上砖红色漆，喜气洋洋，我们在井边洗手洗菜浇花泡西瓜。外甥女小时候养在我家，她把压水井当玩具，不停地压水玩。娘把喜欢的月季种植在井边，娘说月季好，月月开，每月都有喜事，不像有些花一年开一季，开完就拉倒了。月季月月开，从春天开到晚秋，直到深秋叶子落光，冬天用席子盖一下月季的根和枝条，春天一到，很早发芽的也是月季，娘说，这个花好，月月开，泼辣。

东坡的《月季》把娘喜欢月季的心思说出来了：

花落花开无间断，春来春去不相关。
牡丹最贵惟春晚，芍药虽繁只夏初。
唯有此花开不厌，一年长占四时春。

娘忙农事，忙家事，她哪有那么多空照料她的花呢，她喜欢月季，源于月季好养活、泼辣，干完活洗手时顺便就用井水浇她心爱的月季了。娘看着开花的月季说，多喜气呀，像小闺女的脸，再苦再累看看月季花就舒坦多了。是的,月季花好看而不俗气,它自有一份天然去雕饰的美,比起牡丹的国色天香,月季如小家碧玉,是家常的、平常的、有烟火气的。井边月季,朱红的重瓣花,黄茸茸的花心,芳香四溢,引来许多蜜蜂绕在井边。有一次,我帮娘给月季花浇水,被采蜜的蜜蜂蜇了一下,当时疼痛难忍,还有一种酥麻的感觉,一根蜜蜂的针扎在手背上。娘说蜜蜂以为你要捉它才蜇你的,它蜇你后,针扎着你受伤,它也活不久了。我当时也忘记手痛了,很为蜇我的蜜蜂而伤悲,想着它就要因此丧命了,一看自己的手已经鼓起一个包了。

小时候我因此不喜欢月季花,手被蜜蜂蜇过,还被月季的刺扎过,老觉得月季花跟小孩子过不去。上初中后开始学习英语,差不多学到的最早的英语单词里就有rose,玫瑰花,图片中的玫瑰花跟娘种的月季很像。因为西方这个代表爱情的玫瑰花——"我的爱人像红色的玫瑰花"——让我对家里井边的月季多了几分

好感，回家看到在井边怒放的月季，那像玫瑰花一样的爱人，刺仿佛也温柔了许多，不过，带刺的玫瑰有浪漫和诗意，带刺的月季在浪漫性上就逊色很多，这是为什么呢？

直到现在，我也分不清月季和玫瑰的区别，在我这里它们几乎是同一种花。在中国叫月季，在西方叫玫瑰，简单粗暴毫无道理甚至相差很大，好在这不影响我的生活，每次看到庭院里的玫瑰，我都会想到水井边娘的月季花。

开花的树（一）：梧桐花

终于写到我最爱的树木花了，一是梧桐花，一是槐花，相比较而言，我更爱槐花，所以，我打算留在最后写。

梧桐是一种吉祥的树，民间有"栽上梧桐树，引来金凤凰"的说法。爷爷大致是懂点风水的，他在我家院子里种的树只有梧桐，小时候院子西边靠墙根就有两棵高大的梧桐树，北边就是攀爬的凌霄花了。爷爷把柳树和槐树都种在院子外，东院墙外种了十几棵一个人搂不过来的大柳树，出了我家大门还有小院子，专门放麦秸垛干柴等，院子里种了槐树和桑树。

早晨走出家门口看到的树，一棵是梧桐树，另外一棵还是梧桐树，两棵梧桐树下是我家的鸡窝。鸡窝不大，两层，一米多宽，一米半高，依墙而建，外用篱笆做了围墙，给鸡造了五六平方米的家园，梧桐树也被围在鸡窝家园里。总有一两只大而猛的鸡渴望自由，不安于只待在舒适窝里，总是咯咯咯叫着，飞出篱笆，我跟妹妹就满院子跑着抓鸡放回鸡窝里。有了第一个就有很多效仿的，那些安分守己的鸡也守不住寂寞了，也跟着向外跳，仿佛跳出来是另外一个更好的世界。后来，我们只好在篱笆上接高了一层，看你们还能跳出来不。

"二姐，快来看，鸡上树了！"妹妹在外面嚷着，我赶紧跑出来，哇，我家梧桐树上站了几只鸡，逍遥自在地看着我和妹妹，仿佛说，你们能跳上来吗？来呀来呀！之后学到陶渊明的诗句，"狗吠深巷中，鸡鸣桑树颠"，有的同学提出质疑，难道晋朝的鸡会飞？能飞到桑树的枝头？我听了暗笑，我家的鸡都能飞到梧桐树上去，栽上梧桐树，金凤凰还没来，鸡倒呼呼啦啦飞上去了。

我家的梧桐树是很高的，笔直挺拔，它的树干很光滑，没有任何瑕疵，光光溜溜，主干有七八米高，分权为六七个枝干，枝干向高处生长，繁盛茂密，宽阔的树荫是鸡夏天的遮阳伞。不仅如此，我家的鸡不甘于背靠大树好乘凉，还铤而走险跳上了高大的梧桐树，谁说鸡眼里只有眼前的苟且，它一样有诗和远方，到梧桐树上眺望远方。

梧桐花要开了，那是春天最好的季节，空气中飘着香甜的味道，一大枝，一大穗，枝条上抽根发芽开花。春天万物复苏，开花的植物并不多，四月底五月初，梧桐花以冬天的存储、春天的方式开放了。一个个小喇叭，紫色的小喇叭，吹开了冬天的冷，春天来了，春天来了，紫色的，一穗穗的花，虽然没有丁香的"可以遇见春愁一样的姑娘"。丁香的命运跟梧桐不一样，

虽然都是紫色，一个高高在上，一个盛气凌人，一样的紫色，一样的春天。丁香的诗很多，诗人眼里有丁香，梧桐花的诗很少，它不过是一棵树，于我是整个春天。

一片紫色，一片忧伤，那时我为什么那么伤悲呢？小孩子总是闹事，折腾个没完，娘对孩子有足够的耐心，虽然她对大多数事情是没有耐心的。她娇惯着自己的孩子，自己的儿子，自己的女儿，我那时候真是过分，总是提出过分的要求——不吃肉，要吃素的，吃水饺一定要吃素的。娘有空时给我包素水饺，没空时就包肉的，自己把肉馅吃掉，给我吃皮，我还不知足，非要说饺子皮上还有肉，那时，我是多么矫情啊！

我哭着出门，仿佛是一个没娘的孩子。梧桐花落了一地，紫色的云坠落在地，我一边哭，一边踩着梧桐花，听到啪啪啪的踩碎声，有一种快感，小灯笼一样的紫色梧桐花在我脚下炸开。娘追出门，把我拉回家，我抽抽搭搭地回到家里落满梧桐花的院子里。娘心疼孩子，回来又给我搞了几个饺子皮，一点肉末都没有。我那时是多么矫情啊！

矫情到闻不得肉味，也不知道怎么回事，我从小不吃肉，那时候正是物资匮乏的时候，我不吃肉大家可以吃更多的肉，皆大欢喜呀。娘却不高兴，她自己喜欢吃肉，她也希望孩子们喜欢吃肉，她恨不得自己不吃不喝，只要孩子们能吃上肉就好。我们家的孩子被娇惯得有各种不吃：我不吃肉，大哥不吃鱼不吃羊肉牛肉，二哥不吃香菜芹菜羊肉牛肉——当然，小时候也没有牛肉羊肉，能吃的肉只有猪肉，我却无论如何也不吃猪肉，好像自己是头猪，跟猪有仇一样，有仇更要吃它的肉哇。现在我终于明白了，娘喜欢吃猪肉，于是我就舍不得吃了，希望娘多吃一点自己喜欢吃的东西。

后来，我学会了吃肉，不仅吃猪肉还吃羊肉牛肉，我享受了人间的好。

难以忘记的是，当时在我最郁闷的时

候,我在地上找吃的,看到满地的梧桐花,因为寂寞,也因为饥饿,我捡了一朵,把花瓣放在嘴里,满嘴生香,花瓣吃掉后,还有花蕊,甜甜的,还有一包水,一定是刚下过雨。"花重锦官城"之季,春雨如酥,落在花和叶子上,梧桐花张开了胸怀,迎接春雨,接受春雨,小喇叭里全是雨水,"纤纤女手桑叶绿,漠漠客舍桐花春",杨柳青青,漠漠客舍,紫色桐花,春色已尽。

梧桐花落尽,梧桐叶子开始发芽,梧桐叶子很大,很圆,金凤凰就要来了!

开花的树（二）：槐花

终于，终于要写到槐花了，它是我的最爱，留在后面写，自然是有意为之，最爱的，总要下点功夫来写的。内心虽然这么想着，其实，遇到的问题是：越爱越不知道从哪里着手，满眼满心都是爱，却像个傻子呆若木鸡地看着自己的最爱在眼前模糊着离去。

对于槐花的爱，我不止一次直抒胸臆地表达过，不过当时我用了一个很暧昧的说法：槐花的香甜味，让人想到天堂的味道。这也许并没有直接说出我内心对槐花的话，而是用味觉来表述对槐花味道的迷恋。记得2015年北京语文高考作文题目是深入灵魂的热爱，上午作文题目一出，我应搜狐教育的邀约，限时一个小时推出父母同题高考作文，我写的就是槐花，深入灵魂的热爱呀！层层叠叠的记忆和感觉混杂在一起，写槐花又增加了难度，以上作为题记。

"眼前有景道不得，崔颢题诗在上头"，谢冕先生的《中天门的槐花》《槐花约》让我再三垂读，膜拜再三。

因为爱，槐花写不了了，附上2015年限时命题作文《深入灵魂的热爱》。

深入灵魂的热爱

小时候，喜欢甚至迷恋过很多东西。曾经每天疯狂地在纸上描红美人图，一本本子从头描到尾；过一阵子迷上翁美玲，不遗余力地找她的图像，甚至用最喜欢的小人书跟同学换翁美玲像；再过一阵子开始捡各种落叶夹到书和本子里，搞得书和本子都胖胖的，偶尔不小心哗啦啦地掉出一堆黄色红色的干叶子……这些喜好就如同那些干枯的叶子一样夹在书本里没有跟我一起成长，唯有童年记忆里的那棵槐树一直成长着，每年四月底跟我来一场天堂的约会。

槐树是北方常有的树，每家每户或植杨柳或植桑槐。槐树长得慢，树叶小而密，比起杨柳小孩子更喜欢桑槐。桑树的桑葚是小时候的美果，每个孩子都会爬树摘桑葚，槐树则以她的花来展示自己独特的美，那是一种独一无二的味道，来自童年的记忆，来自童年的胃。

现在的孩子们不知道槐花可以吃，二十世纪六十年代后的我们因为贫困而享受着大自然的花蜜。槐花开了，一片雪白，遥望去，像一层层白雪，摇曳着甜美的芳香，有鸟儿在树枝上跳着吃花瓣里的蜜。哥哥爬到树上摘满满一筐槐花，母亲把槐花洗干净，拌上面粉，放到锅里蒸，老远就闻到沁入灵魂的芳香，这是来自天堂的味道，甜蜜而温暖。我们的胃被槐花所滋润，每年四月底槐花开时正是春天最灿烂的时候，也是我们的灵魂和胃口为槐花所沁入和迷恋的时候。

当春天姹紫嫣红的时候，我并不迷恋风姿绰约的牡丹，也不贪婪风情万种的玫瑰，却独独痴迷这些微小柔软的槐花。我一直渴望将来家里有个院子，院子里一定种一棵槐树，可惜久居京城，寸土寸金，这个梦想怕是不能实现了。可是，春天我总要去周围寻觅槐花，这是我跟槐花的内心隐秘。北大后湖的几棵槐树下年年有我的注视，中关园里的槐花长得矮小，我跳着脚可以摘一穗，回来跟绿茶一起泡，绿色的叶子加上白色的花，春天徐徐地在清水中泡开。热爱从胃到灵魂，深入骨髓，香气扑鼻，从嗅觉到味觉。今年事情多，竟然没有感受到春天的到来，每日忙碌，难得半日闲，一傍晚去超市买东西，匆匆走路，忽然空气中有一种熟悉而甜美的味道，再闻，香味飘散，不知所终。抬头寻找，路边只有整齐的松柏，一时恍惚，忘记了过去与将来，忘记了要去的路，竟然呆呆地站了半响。抬眼看去，右边是围墙，围墙里是地质大学的宿舍，再远些竟然有两棵槐树，我的心柔和下来，在春风沉醉的晚上，在槐花开放的季节。

草本花

草本非草，
天涯何处觅芳草

夜茉莉花

我家院子里还有比月季花更泼辣的花，就是茉莉花。

我家唤作茉莉花的花，不是"好一朵美丽的茉莉花"的茉莉花，那是木樨科著名的茉莉花，有着南方的高雅和芬芳、代表中国走出去的花，或者还有别的寓意的茉莉花。我家的茉莉花是安息香科的夜茉莉花（Styrax japonicus），后来在汪曾祺先生的散文《晚饭花》里看到我家的这种花，也称晚饭花或者打碗碗花。

我抄一下汪先生，汪先生也是抄吴先生：

晚饭花就是夜茉莉。因为是在黄昏时开花,晚饭前后开得最为热闹,故又名晚饭花。

夜茉莉,处处有之,极易繁衍。高二三尺,枝叶批纷,肥者可荫五六尺。花如茉莉而长大,其色多种易变。子如豆,深黑有细纹,中有瓤,白色,可作粉,故又名粉豆花。曝干作蔬,与马兰头相类。根大者如拳,黑硬,俚医以治吐血。

吴其浚《植物名实图考》

叫茉莉花叫惯了,所以无论夜茉莉还是晚饭花都叫得不太习惯,就按照我小时候叫的名字来写吧。我家院子东边沿着东院墙有好几棵茉莉花,皮实泼辣,不用撒种,它自己把种子掉在地上,越冬不凋,来年发芽。破土生根,叶分两瓣,风一样快地成长,两瓣叶子心里有根一样,比竹节抽节还快,仿佛听到噼噼啪啪的长大声,很快根深叶茂,很快如一把伞,密密麻麻的叶上簇拥着密密麻麻的花苞，小喇叭样，就等着时机成熟呢！

太阳落山啦，初夏的傍晚余晖满天，空气中弥漫着浓郁的香味，寻香看去，东墙根的茉莉花开成一片云，粉色的云，间或有黄色和白色，繁盛如星，茉莉花开得忘记了自己。它有性灵，有期待，有梦想，性灵是它记得自己开花的时间，期待是傍晚，梦想是开花，记得住时间，记得住白天黑夜。

不知道茉莉花是不是一夜之间开的，小孩子睡得早，晚上八九点钟就睡了，还嘟嘟囔囔着早上去摘茉莉花。早上起来揉着婆娑的眼睛，找寻夜里粉色的记忆，哪里去了？花收拢成喇叭状的花苞，太阳起来了，它就去睡觉了，太阳越亮，它睡得越沉。夏日真长，歇完晌，午后到墙根看，喇叭更萎靡不振了，仿佛昨天夜里是一场梦，看错了吗？记错了吗？小孩子很迷惑，被茉莉花哄着，世上真有魔术的花，变幻莫测，如梦如幻。

夏日晚饭在院子里吃，支起桌子，小孩子负责放小板凳，有时六人，有时七八人，最多九人。饭摆上桌，土豆饼、土豆丝、土豆疙瘩汤、韭菜盒子，拌一盘凉菠菜，把菠菜焯水，放凉凉的井水里一拔，要多爽快就有多爽快！一家人刚坐下，浓郁的香味来了，不是饭菜的香，是茉莉花的香，跟那朵茉莉花一样，"满园花开香也香不过它"。手里拿着土豆饼，边咬边嚼，几乎跳着到东墙根，茉莉花的喇叭吹起来了，千军万马，温柔一笑。

过些时日，在喇叭凋谢的地方有白色的种子，再过些日子，种子变黑，如豆。豆子有的滚落地上，有的紧紧抱着花冠，直到深秋跟枯枝一起被烧掉，滚到地上的黑豆历经冬天的寒冷，来年春天重生为茉莉。

小孩子好奇黑豆里有什么，用小石头砸出来许多白色粉末，十几个聚在一起就小半捧了，我跟妹妹玩着玩着就互相抹到对方的脸上，白而嫩，还有一种余香，娘说你俩像大白脸曹操了。小孩子不知道曹操是谁，只觉得好玩，还有叫这么个名字的，曹操，我跟妹妹饶舌一样叫着这个名字，忘记了手中的茉莉粉末，到井边洗洗手。天暗下去了，空气中全是茉莉的香味，夏夜繁星满天，跟地上的茉莉花一样茂盛闪亮。

（另：至于为什么叫打碗碗花，我也不知道，我的记忆里有这个名字，从哪里来的不知道了。）

太阳花

我家院子里有比茉莉花还泼辣皮实的花,就是太阳花。

它性如野草,坚韧不拔,只要有泥土,天色稍阴,早晨或者傍晚,从它身上掐一根带叶的茎,插到泥土里,浇点水,第二天稍微有些蔫,第三天就精神抖擞,长了根,支棱起了叶子。叶子跟马齿菜(即马齿苋)很像,太阳花叶子细而尖,马齿菜大而圆,一看就是一个家族的,变了点形而已。

此物尤喜太阳,故名太阳花,或者说太阳也喜欢它,别的植物离开泥土一天就被太阳晒死了,唯有太阳花经阳也昂扬鲜活。记得上大学时读冯阮君先生的《卷葹》，书中解释这是一种拔了心而不死的草，"拔心草不死，去根柳亦荣"，我当时想的就是马齿菜和太阳花。

娘说当年女娲娘娘补天后，遗留在世上的石头化作十几轮太阳，如火烤着大地，地球上的植物都被晒死了，人也快晒死了。大英雄后羿射日，搭长弓，射长箭，把那一轮轮冒火的太阳射掉。后裔追着太阳跑，只剩下最后一轮藏在马齿苋里，多话的蚯蚓嚷着："马齿苋里还有一轮！"从此以后，太阳就恨上蚯蚓了，只要蚯蚓出来，太阳就晒死它，于是路上会看到很多晒干的蚯蚓。躲在马齿苋里逃生的太阳一直对马齿苋抱有感恩之情，马齿苋即使没了根也晒不死，太阳手下好留情啊！虽然娘讲故事的能力不强，但这一段故事我听得很入迷，恩义情仇，有恩报恩，有仇报仇，这大概是中国老百姓最朴素的伦理观，我最早受到的伦理教育也始于此，到现在我骨子里还有这股气概！

太阳晒着长，一天一个样，十天半月工夫就长十几厘米，头顶上粉色红色黄色小骨朵儿，太阳一晒，就如星星之火可以燎原一样盛开。花不大，二分五分硬币大，单瓣，也有双瓣和多瓣的，笑盈盈地迎太阳而去。太阳花为太阳而开，太阳一落山，花瓣微闭，睡自己的大觉，做自己的春秋美梦。夏的夜很长，茉莉花开，太阳花闭，好像约好了一样谁也不见谁，都是太阳的粉丝。

太阳花如繁星，一开起来就收不住了，每天一层，凋谢的自去凋谢，盛开的还在盛开，热热闹闹，没有寂寞。从春天经过盛夏，一直到晚秋，花开后会结出黑色的比小米还细小的黑色花籽，呼吸喘气大了，都会吹走，小心地收起来，用纸包起来，来年春天撒到土里，又是繁茂的新生。

小时候把太阳花叫蚂蚱菜花，以为蚂蚱菜花是土名，学名叫太阳花，查了百度，学名竟然就叫蚂蚱菜花。

蚂蚱菜花，马齿苋科马齿苋属，红、黄太阳花半支莲（太阳花、松叶牡丹、龙须牡丹），品种有一年生或宿根多年生草本植物。株高10～15厘米，枝条倒伏半匍生、肉质。叶互生或散生，肉质，圆柱形。花顶生，花形有重瓣或单瓣，花色有红、紫、白、黄等，色彩瑰丽悦目，常在艳阳下大放异彩，唯花朵寿命甚短，上午开花，午后即谢。花期6月下旬至8月。

这段"度娘"对蚂蚱菜花的介绍，虽然有些不甚了了，也有混乱的表述，但是基本事实是：蚂蚱菜、马齿苋、太阳花是一家子的。

"度娘"还说蚂蚱菜花原产于南美洲，那么，马齿苋呢，一查"度娘"说马齿苋原产于巴西。《本草纲目》将其归入菜部："人多菜苗煮晒为蔬"，不知道有没有再早的记载，这种繁殖力生命力都超高的植物是何时传入中国，怎么传到中国的，不得而知。

如果蚂蚱菜花原产地是南美洲或者巴西，娘讲述的蚂蚱菜花保护太阳的故事就不攻自破了。我宁愿相信这个美好的传说——连一棵蚂蚱菜都知道关键时刻保护太阳，太阳得势后也罩着呵着护着蚂蚱菜。民间普通的伦理充满了温情。

指甲花

一个多月没去菜地,再去时看到两棵指甲花开得喜气洋洋的,是风吹过来的种子吗,还是谁有意种的?菜地头的两棵指甲花,一棵粉红色,一棵朱红色,无畏的花沿着花秆簇簇开着。

生命就要这么无畏,就是长在菜地边又何妨呢?花一定要长在花盆和庭院里吗?生不逢时长在地头,也要开出生命里最美的花!

友人在香山脚下租了一小块地,每隔两周朋友们就相约种地。疫情期间哪里也去不了,商场关门,咖啡馆关门,茶馆关门,菜地成了友人见面的好地方。一边种菜,一边喝茶喝酒,干脆支起桌子在菜地边野餐,各人拿着吃食,凑在一起享受难得的自由和欢畅。后来,友人置办了烧烤用具,竟然在菜地搞起了大餐。还有一次,我们在菜地背诗,从蒹葭苍苍到徐志摩,比长安三万里还长。

我们自己租一块地,我们去种地,我们一起背诗,我们一起烧烤,我们一起唱《孤勇者》。民生有多艰,这块地会告诉你:翻一遍土,累得腰疼。看到了地头的指甲花,像人生的意外,菜地里种花,石榴树上结樱桃,此时,此地,此在,刚刚好。

想起小时候种指甲花的往事。

那时候我一定疯了,痴迷了,我爱上了种花,跟小伙伴最大的乐事是交换花,花还带着土,互相移植。交换花,交换土,带着土的花易于种植,放到花盆或者土里就活了。

每天看着花长,发芽了,结苞了,欣喜,欢蹦,雀跃,那是我少年时候最大的

乐事。指甲花是我用一盆"永不落"换来的。娘看着指甲花开,说加入明矾,可以染指甲的。

于是,我生平第一次做了化学家,竟然找到了明矾,又将指甲花用蒜柏子捣碎,把明矾捣碎,放在指甲上,用一块布包好,第二天指甲变成了红色。花的魔术，魔术的花，指甲变红了，深红或者浅红，都好的，像变魔术一样，指甲变红了。

我因为这个小成绩，就暗自高兴，像得了一个大宝，人生有无以复加的满足。不过一片花，一片红色的花瓣，加了明矾后起了化学反应，我像一个炼金术士一样自我拷问。指甲变成红色，喜不自胜，还有比这更美的魔术吗？

此时，菜地的指甲花开得红艳艳，跟小时候一样艳丽无比。但我现在不用明矾来染指甲了，涂个指甲油不过半个小时，各种颜色，指甲花的颜色，粉红或者朱红，都再好不过了。

菜地里的指甲花开得红艳艳，后来才知道，指甲花又叫凤仙花。

葵花

葵花是妹妹的名字。

为什么家里人给她起这个名字呢？她生在冬月，基本上没有花了，她却被唤作葵花。不像我，农历九月，娘生下我，北雁南飞，奶奶抬头看到大雁，就说给这个孩子起名大雁吧。

妹妹的乳名叫葵花，起大名的时候颇费周折。大姐叫高秀霞，本来给我起名叫高飞，大雁高飞，我偏不，我说姐姐叫高秀霞，我就叫高秀芹吧。自己给自己起名字，自己去学校给自己改名字，史无前例，当时的我就想着跟姐姐一样。

长大后才知道我的名字有多俗，多亏了老孔，谜面：红楼后半胜于前半，谜底打一著名编辑名字：高秀芹——高鹗胜于曹雪芹——才给我扳回一局。妹妹的名字确实如此美好，高向阳，葵花朵朵向太阳，爷爷起名不俗，他最喜欢小孙女。

我家院子东门沿着墙种了十几株菊科的向日葵，刚开始毫不起眼，就是再普通不过的植物，普通的叶子，普通的树干，像一阵风吹着长大一样，忽然之间，那貌不惊人的两片叶子亭亭玉立了，高过墙头了，再过两天顶部长出花盘了。向日葵，向阳而生，向阳而动，从早上出太阳到晚上落太阳，它转了一百八十度。这是一种忠诚的花，内心里只有太阳，太阳在哪里，它转向哪里，如果是阴天，没有太阳呢，它也就静止不动吧。

据说最早记载向日葵的文字是《植品》：

又有向日菊者，万历间西番僧携种入中国。杆高七八尺至丈余，上作大花如盘，随日所向。花大开则盘重,不能复转。

如果向日葵是明朝万历年间由西方传教士带来种子传入中国的,那首著名的《青青园中葵》的葵,自然就不是向日葵了,是什么葵呢?葵菜,蜀葵,秋葵,龙葵。

我比妹妹大两岁多，小时候一起玩耍，好的时候像一个人，不好的时候就互相打嘴仗。娘说，你俩不见面想，见了面打，我想这是所有年龄相仿的兄弟姐妹的共性。葵花结花盘时，我跟妹妹说，你看，你长花盘了。葵花快开花时，我跟妹妹说，你要开花了。葵花转头时，我跟妹妹说，你在转头了。妹妹就追着我，要打我。我说你去追太阳啊，去呀！

葵花是一种草木之花，用种子来种的，叶子毛毛糙糙，根部一直长，长成一棵树，长成最高的桅杆，长成笔直的电线杆子，高而挺拔。顶部开出黄色的花，有小脸盆一样大，圆形，环状边上是黄色的花瓣，细长，密集，中间嫩黄色的子在日月里转来转去，变黑成熟。葵花跟着太阳转，每天把自己长满子的脸转向太阳，转着转着，子越来越重，颈垂下来，老迈的姿态，骄傲着垂头丧气，秋天，擎着一个夏天的果实。

葵花子好吃，生着吃清香，炒着吃喷香。有的人嗑瓜子像一门艺术，一颗瓜子进了口，听见啪的一声，牙齿瞬间咬破瓜子，舌头在中间一转，留下瓜子，把瓜子皮吐出去。对于嗑瓜子，每一个人有自己的独门秘籍，我喜欢右手拿着瓜子，用两颗门牙中间的缝来对咬瓜子，咯嘣，瓜子皮破了，瓜子掉到舌尖上，这样也可以嗑得很快，瞬间，嘴前一片瓜子皮，娘说你们像粉碎机一样快。嗑瓜子的艺术就是生活的艺术。

我对妹妹不怀好意地说，葵花子炒着吃，真香！妹妹说，过大雁时抓只大雁炸着吃，更香！我的小名叫大雁，可惜每年农历九月过大雁的时候，妹妹已忘记了当时咬牙切齿的约定。

葵花，向阳，妹妹果然长得如向日葵一样茁壮美好，她小时候长得像一朵花，一朵向阳的葵花。

永不落

小时候我曾经迷恋过种花养花，因此结交了三五花友，彼此交流花、交换花，比如我用一棵茉莉花换对方一棵含羞草，用家里的花换家里没有的花，那时我大概十岁，每天蹲在院子里，侍弄我的花花草草。

永不落就是我从别人那里换来的，换花之前互相讲好了，用什么花换什么花，交换时花下面要用原土包着根部。我小心地捧着这棵永不落回家，在院子里给它找最好的地方，放在茉莉花边上呢，还是指甲花边上呢？换来的新花刚开始都会受到宠爱，种在好的位置，最后就种在石榴树边上，离水井近，浇水方便。

早上一睁开眼我就去井边看永不落怎么样了。没有蔫，叶还支棱着，心头不禁大喜，蹲在井边，一动不动地看着永不落，那几片叶子虽然看上去毫无感觉，但是，因为是刚换回来的新花，我还是眼睛一眨不眨地盯着。第二天还是如此，我集中的注意力也许就是在那个时候养成的，盯着一株花，看它怎么长叶子，怎么开花。

永不落不过是一种再普通不过的花，草本，春天撒种，叶沿茎生，可达二三十厘米，长者四十厘米，顶部开花，双层多层的红花或者紫红色的花，很艳丽，又很普通。但是，它有一个很不普通的品行，就是花持久不落，深秋万物凋零，花也不随北风飘落，有点像菊花"宁可枝头抱香死"，也许，因为这个特性才被唤作"永不落"吧！

这棵交换来的永不落，我当作宝贝花养着，它用一个夏天红色的花来养我的眼。

小孩子的"养花经"单纯质朴，无论什么花，无论贵贱，养在院子里就很得意，出去跟小伙们吹牛时又多了一个品种，况且叫"永不落"。后来学习世界历史，知道英国被称为"日不落帝国"，我以为是永不落帝国呢，因为我家的永不落，我对帝国有了最朴素的好感——人多么容易得到哪怕一点虚荣心的满足呢！——搞清楚了人家是日不落，那才是厉害，日头永远不落，我这个永不落也就是一棵花而已。

今天想搞明白我小时候的永不落学名叫什么名字，"度娘"并不知道，给我推送了很多花，我仔细辨认都不是，比如蜡菊，形似，再仔细看并不是。蜡菊像假的花，像塑料纸做的，一拍哗啦啦响，肯定不是，我的永不落有血有肉有灵魂，名副其实不虚妄。

它一定有一个正式的或书面的名字，目前我还没有查到，我相信它就在路边，在公园的街角，不喜不忧地开着。

秋海棠

我家的海棠也是我用什么花跟小伙伴换的,我是因为这个名字而发誓一定要拥有一盆海棠。这么好听的名字,一定是最好看的花。

"海棠"来了,养在一个小花盆里,皱皱巴巴的,叶子很不舒展,有点像癞蛤蟆皮(这么说有点过分,但叶子确实长相一般),一堆不太透亮的叶子拥簇在一起,顶部开出红色的簇拥着的花,貌不惊人,毫无海棠之色。因为是好不容易得来的,我还是很珍惜地把这盆海棠放在东屋外的窗台上,居高处,阳光好,一般花没有这个

高级待遇。跟海棠放在一起的，还有一盆倒挂金钟，魔幻般地啪啪倒挂开着，一个红色的小灯笼接着一个红色的小灯笼。唯有海棠依旧，怎么潦草怎么了事。

这哪里是海棠？分明是一盆冒名顶替的野花。送我海棠花的小伙伴显然被激怒了，又送了我一盆近亲的海棠花，只是叶子从模糊不清癞蛤蟆皮样变成了半透明的叶子，连茎部都泛着透亮的光，泛着微微的红，透明的叶子簇拥着开着拥簇的花。后来知道这两种海棠分别叫四季海棠和丽格海棠，都是秋海棠科的植物，不同于蔷薇科的海棠（比如西府海棠）。

这是我小时候养过的海棠，矮小、低微、家常，后来读到李清照的词《如梦令》里的海棠：

昨夜雨疏风骤，浓睡不消残酒。
试问卷帘人，却道海棠依旧。
知否知否，应是绿肥红瘦。

不知道李清照家的海棠长什么样，她是山东济南人，当然从宋代到二十世纪七八十年代，沧海桑田，同一种植物都会发生很大的改变，最欣喜的是海棠依旧。李清照家的海棠在她的《如梦令》里鲜活着，夜里有一场雨还有骤然而至的风，喝酒听雨滴，海棠枕着梦沉沉睡去，醒来还有淡淡的酒意——那要喝多少酒呢——盛开的海棠经过一夜风雨怎么样了？应是绿肥红瘦。落红无数，花还是落了不少，叶子被雨清洗后更绿了，花落尤显叶茂，一个"绿肥红瘦"，怎一个风流了得！伟大的词人对汉语和事物无限准确而微妙的表述，绝了！

想象中绿肥红瘦的海棠是一棵开花的树，与在北大西门看到的摇曳在春风里的西府海棠对上了号。"雍容典雅紫如虹，海棠三月忙探春"，农历三月是公历的四五月，正是西府海棠开得最盛之时，花如粉雪，千树万树压枝低，枝头不是被果实，而是被花压低了，那是怎样的一种盛况！一夜风雨，花落知多少，地上一片轻盈的红，绿肥红瘦最相宜！

海棠半含春雨，浓淡粉色飘摇，"几经夜雨香犹在，染尽胭脂画不成"，让人陡然而生怜爱之心，那是内心最温柔的所在。诗人与画家比起普通人更多情，用文字和画笔捕捉海棠的花魂，连东坡居士都"只恐夜深花睡去，故烧高烛照红妆"，多情如东坡，可爱如孩童，不忍夜深花睡去，把蜡烛点燃高高举起，多情的诗人要跟海棠花一起共度良宵！

不知道有没有人统计过以花入诗最多的花是什么花，海棠当属前列。诗人喜欢海棠，春天的海棠妖娆艳丽，秋天的海棠另有一番风韵。《红楼梦》里海棠诗社的发起人贾探春，在《红楼梦》第三十七回《秋爽斋偶结海棠社 蘅芜苑夜拟菊花题》中，给宝玉的信说：

前夕新霁，月色如洗，因惜清景难逢，

未忍就卧，时漏已三转，犹徘徊桐槛之下……今因伏几处默，忽思历来古人，处名攻利夺之场，犹置些山滴水之区，远招近揖，投辖攀辕，务结二三同志，盘桓其中，或竖词坛，或开吟社，虽因一时之偶兴，每成千古之佳谈。妹虽不才，幸叨陪泉石之间，兼慕薛林雅调。风庭月榭，惜未宴集诗人；帘杏惜桃，或可醉飞饮盏。孰谓雄才莲社，独有须眉；不教雅会东山，让与脂粉耶？若蒙造雪而来，敢请扫花以俟。谨启。

探春原来也是一个多情善感之人，竟然因为新月如洗，舍不得睡觉而感染风寒。宝玉知道后让人问候，还送去新鲜荔枝和颜真卿墨迹。宝玉懂得三妹妹的爱好，因为懂得，所以珍惜，连颜真卿墨迹也送去给探春看。因为探春这一病，宝玉这一高端慰问，便有了上面探春给宝玉的信，便有了诗社的倡议。正好贾芸孝敬宝玉两盆珍贵的白海棠，于是就起名海棠诗社。吟白海棠，有诗人宝钗的"胭脂洗出秋阶影，冰雪招来露砌魂"，更有诗人黛玉的"偷来梨蕊三分白，借得梅花一缕魂"。诗评家李纨认为，"若论风流别致"，黛玉为上，"若论含蓄浑厚"，宝钗的诗更好，最后还是以含蓄浑厚为评诗标准。

两株白海棠，成就了《红楼梦》的海棠诗社和吟白海棠诗。秋高气爽，大观园如一幅最美的画卷，这也是宝黛众姐妹最快乐的日子，一群才华横溢的美少年少女吟诗欢畅。海棠当然是喜乐欢喜之花了。这与我小时候养过的低微而普通的海棠有着天壤之别，入诗的花活在美好的文字里，我的海棠活在我过去的生活里。

蜀葵

每年春末夏初,北大物理学院院墙外就有十几株蜀葵冷不丁地开出艳丽的花,年年如此。不开花时它的叶子跟其他植物混同着,只有蜀葵盛开时,才提醒路人蜀葵开花了。

不知道为什么,每当看到蜀葵,我都会定定地看很久,好像在倾听蜀葵内在的声音,也好像在寻找小时候的记忆,那些在我家院子东墙根边上茁壮成长的蜀葵。

蜀葵在我老家叫小葵花,跟向日葵有所区别。都是葵,一个向日而生,一个为自己而生,蜀葵几乎不需要照顾,也不去看任何人的脸色，它无所顾忌地生，无所顾忌地死，然后再无所顾忌地重生，年年如此。小时候我从来没有去照顾过小葵花，它无来由地就长高了，挺拔，高挑，叶子肥大，有点像南瓜的大叶子，像手掌那么大，在北方的花卉里很少见这么大叶子的，所以，它应该来自南方，就如同它的名字蜀葵，当是来自天府之国四川吧。蜀葵确实像蜀地之物，泼辣茁壮，不屈不挠，它的使命就是成长。

雨后春笋，竹子抽节，啪啪向上；蜀葵如春笋，迅速向上长，出溜蹿了两三米高，笔直的花茎上从上到下全是花苞，眨眼就是粉色的、紫红色的花，有单瓣，有双瓣，有杯口大，中间凸起淡黄色的花蕊。蜀葵花开，直接而无畏，奔放中带着泼辣的味觉，大大咧咧的样子让我想起村里的姑娘，"村里有个姑娘叫小芳，长得好看又善良。一双美丽的大眼睛，辫子粗又长。"淳朴，茁壮，村里的姑娘，我家的蜀葵。

即使蜀葵在京城大学堂的一角，它丝

毫没有改变自己当初的衷肠，大方、自在、毫不顾忌，仿佛它还在我家院墙边疯狂地成长开花。所以每次看到物理学院院墙外的蜀葵，我就有点恍如隔世，定定地看阳光中盛开的蜀葵，穿越时空，千里之外，那个一度痴迷种花的小女孩当初竟然没有好好看过蜀葵，任由它自然生自然活自然开花自然枯萎。将近五十年后，跨越千山万水，我在北大一隅跟它相遇，它仍然无所顾忌地开花，仿佛告诉我生命就要这个样子：无畏、坦荡、盛开。

北大物理学院这几年做过很大的扩建，1998年我刚到出版社时，出版社的展示厅坐落在物理学院的东南角，房顶是红色的，我们私下里叫它红房子，用于展示陈列出版社重要的出版物和奖杯奖状等物品，后来展示厅因为物理学院扩建而拆掉。物理学院新盖了办公楼，外面的院墙也做了整修，我担心那十几棵蜀葵随着拆建而消失。意想不到的是，当一切都建设好后，春末夏初走在路上，从出版社到北大东门

的路上，隔着铁围栏我又看到了茁壮开花的蜀葵。

我会驻足，停留，谛听蜀葵，谛听自己内心的声音，无论走得多远，蜀葵都在这里。它是生命本来的样子，不遮掩，不恐惧，不喜不忧，自在生长。

花开花落，年年如斯。

美人蕉

这是一个让人想入非非的名字，美人来浇水，浇水的都是美人，抑或说浇过美人蕉的人就是美人。第一种会排斥那些怀着善意的人，排斥自我形象自律而低调的人，可能有百分之七八十的人没有资格来浇水，这个打击面有点大，不符合美人对饥渴的要求。与其这样，还不如有一个美好的愿望：浇过美人蕉的人就是美人了。花有灵气，自不必说，花作为世界上携带美好的物种自然有特殊的使命。

我清楚地记得美人蕉是邻居英凤麻麻给我们家的，她好像是从娘家什么远方亲戚那儿要过来的。花在朋友间传递友情和使命，从一个地方的泥土辗转到另外一个地方的泥土里，花都要温柔地去适应因为变迁带来的坚硬生活。这一切，都要从她第二年开花才能看出来她进行了怎样的适应和变化。

我小时候特别喜欢听小道消息（八卦），七大姑八大姨之间的事听了一遍又一遍，美人蕉的到来惊艳了我们村的幽暗。英凤麻麻看到我在街头到处窜来窜去不知踪影，就把我叫住："大雁，美人蕉开起来才俊呢，跟你的脸一样俊，你要把她种好，给她施肥，给她浇水，爱护她，她才会长出好看的花献给你，大雁你能做到吗？"我点头如捣蒜说："麻麻，我喜欢养花，我家的花都养得很好，你放心，美人蕉我会多上点心，花开了我请您老人家到家里看花。"麻麻对我很放心，或者说她要用这个方式引起我对美人蕉的重视，她让全村人知道她慷慨地送了我家一棵美人蕉，以后高家庄不仅仅英凤麻麻家有美人蕉了，还要看大雁的本事了。

我如捧圣旨一样捧着两个裹着泥土的"生姜+红薯"样物品回家,小心翼翼放在用藤条编织的小筐里,等着娘下工回家指点我种在什么位置。我开始把眼光瞄向硕大的院子,该把美人蕉种在什么地方呢？东墙边,有向日葵、夜茉莉和蜀葵,都是自然成长泼泼辣辣的花;水井边有一棵石榴和两棵月季,是特别受到照顾的花;窗台上是养在盆里的花,海棠、永不落、太阳花和倒挂金钟,已经快把东屋的窗台占满了,而且美人蕉也不适合放在小盆子里,英凤麻麻说要种在土地肥沃、浇水方便、阳光灿烂的地方。经过各种评估,我心里有理想的目标位置了,就在东窗前面一块地,原来上面种了一棵蓖麻,需要把蓖麻清理掉,才能种美人蕉。这首先要得到娘的同意。

娘下工回来了,我给娘倒了一碗开水,让娘先坐下歇歇,娘基本坐不下,又要去干活了。我告诉娘,英凤麻麻送我两株美

人蕉的根，娘疲惫的脸上有了笑意，她也喜欢花，她瞄了瞄那棵蓖麻树的位置，说蓖麻没什么用，大队和学校都种了不少，可以去捡人家掉在地上的蓖麻。那时为什么要种蓖麻呢，生产大队的路边，学校的校园，都种上高大茂密的蓖麻，当时说蓖麻是全世界最稀缺的东西，它产的油可以作为飞机润滑油，我们那时都没坐过飞机，也不知道飞机润滑油需要多少，业余时间基本都在种蓖麻、摘蓖麻和捡蓖麻的路上。娘说家里不种蓖麻啦，我暗自高兴，它不好看，不好吃，占地大。我们小朋友实在好奇就摘下蓖麻的子，黑色，硬皮，指甲盖大，用石头小心翼翼地砸开皮，露出瓜子样的白色蓖麻，闻闻有油的味道，轻轻咬一小口，没有任何味道。娘说蓖麻不能吃，吃到一定的量会药死人的。为了神圣的飞机起飞，我们这小地方都种那么多危险的小蓖麻，后来忽然再也不种蓖麻甚至绝迹了，现在想来真是令人匪夷所思。

在丑陋蓖麻的所在之地长出了高端雅

致的美人蕉，这个变化太大了，整个院子都显得具有了某种韵致，好像是南方的雨打芭蕉在我家北方的院子里的变形版。蕉，大致都有丰硕宽大的叶子，美人蕉的叶子就自带一番风流，像北方的玉米，亭亭玉立，一挺一长就长出一片绿色的叶子，椭圆而瘦长如纤纤玉手，比玉米的叶子要浑圆一些，俊俏一些，多了很多雅致的美。叶子表面光滑，叶脉历历在目，长到一米半左右时，从顶端冒出一根花茎，一尺多长，最顶部是半尺长的花穗，绿色的小花苞密集抱在一起。过两天，花苞泄密了，露出一瓣红色的花瓣，过两天，露出两三瓣，很快就秀出全部，一穗红美人蕉，美得毫不含糊，美得不拖泥带水，就是如此亭亭玉立的美！

  我家院子里的美人蕉开花了，红色的像火炬一样，这是我小时候养花的骄傲，直到我离家远行。

虞美人

从美人蕉到虞美人,美人如花,花如美人。

虞美人不像个花名,倒真像个美人的名字。有人说还真是,就是那"虞姬虞姬奈若何",为霸王拔剑自刎于乌江的虞姬,她死后墓上长出的一种小花就是虞美人。若果真如此,虞美人真可谓是一种悲壮的花。

再后来读到李煜的《虞美人》:

春花秋月何时了
往事知多少

小楼昨夜又东风

故国不堪回首月明中

雕栏玉砌应犹在

只是朱颜改

问君能有几多愁

恰似一江春水向东流

恰如一江春水向东流的愁，是虞姬的愁吗？是与尔同销万古愁的愁吗？此时，也许虞美人就是虞姬，虞姬就是虞美人。

历史的烟尘看不清道不明，从汉代到南唐，不朽的是对美好的叙述，叙述正义里美好的部分，就是以爱和忠诚打底，悲壮的牺牲，情何以堪？西楚霸王焉能知道虞姬的痛，一个女人，挥剑自刎，是不是万古愁？！

以上的虞美人是一个美人，一个词牌名，无限的美好，是历史和诗最好的结合。

回到我少年花事里的虞美人。

很小的时候我见过她，那时她不叫虞美人，叫大烟花。

　　大烟就是鸦片，谈烟色变，人人自危，这是要命的花！是的，就是大烟花，学名叫罂粟。林则徐虎门销烟后不是绝迹了吗？不，我要告诉你真实的，我家的花盆里种过罂粟。

　　那时我已经上中学了，离家住校在外，懈怠疏忽了花，没有时间和精力照顾，慢慢地竟然遗忘了她们。那是一个周末，回到家蓦地看到花盆里开着妖艳的花，从来没有的摄人魂魄，如同一个开满鲜花的枯井,摇曳着,引诱着。那时候我的呼吸甚至要停下了,那是一种多么魅惑的花,我从来没有见过,第一次见就被深深地吸引。

娘说这是大烟花,我说那不是鸦片吗,我义正词严地问,你怎么可以种鸦片呢?犯法呀!娘说,咱们村家家户户都种上了。在自己家里的花盆里种,等花落时就会结大烟果,用刀划开大烟果,白色的汁流出来,收到碗里或者罐子里,等汁越来越多,放到锅里熬,蒸发掉水分就是大烟了。

我非要把罂粟拔掉,坚持认为这是犯罪。娘说现在咱村里户户都种,又不卖,就是想着病了后万一疼痛难忍时,可以吃一点,缓解疼痛。咱们村的周秀珍得了癌症,疼得呼爹喊娘,她闺女孝顺,给她娘搞了点大烟,吃下去马上不疼了,人走了,不受罪。

我如五雷轰顶般呆呆地看着花盆里的罂粟,没有拔出来的勇气,反而被她深入骨髓的美所震慑。我知道自己当时的思想不正确,我被一棵毒花吸引,冷气逼人,情不自禁。

再后来我继续读书,继续远行,再也没有看到家中花盆里的花,娘也没有告诉我后来发生了什么,也不知道娘是不是割出了鸦片。再后来娘也搬离了老家,花盆自然空了。

有一年我在北大校园里走路,在西门附近,在勺园,在未名湖博雅塔下的花园里看到了罂粟花,不,不是罂粟,是虞美人。北大里的植物都有名字,一个小牌子立在边上,我才知道这个花叫虞美人,跟我小时候见过的大烟花一样,只是花小了些,花下无果,单瓣,双瓣,红色,红得透亮无畏,朱红,红得彻骨无惧,风吹来,摇曳,生辉。

虞美人让我看到深渊的美,看到了无以复加的诱惑,虞姬也好,李煜也好,血肉之躯都魂飞烟灭,不朽的是花。

年年岁岁,虞美人都在燕园一角盛开。唯有看花人各怀心思和故事。

地瓜花

地瓜,在很多地方叫红薯或者番薯,山东大多数地区叫地瓜,我觉得特别名副其实,地瓜,长在地里、泥土里的瓜。山东土壤特别适合种地瓜,我小时候吃得最多的就是地瓜,深秋,地瓜秧被霜打了几次后开始干枯萎靡,然后就到了收获地瓜的时节。

大地上一片忙碌,地瓜从土里翻出来,如同一个个刚出生的宝宝,带着泥土,泛着香味,红色的皮不小心被犁割开,流出白色的汁液,仿佛是人类红色的血。月亮升上来了,大地一片皎洁,只有忙碌着收地瓜的人，秋虫鸣东壁，霜降一片白。落霜的夜很冷，人们忙着往家推送地瓜，夜深时生产队里只有娘还在无垠的夜里忙活着，家里有男劳力的早就把地瓜运回家了，娘要借人家用完的小推车推送地瓜。

每家每户都在自家的炕洞子前留下储存地瓜的窖，当地叫地瓜窖，地瓜从秋天过冬到春天都在地瓜窖里，地瓜窖里没有地瓜的时候，就成了我跟妹妹捉迷藏时理想的藏身之处。地瓜放在窖里，温暖而潮湿，可以稳稳地过一个冬天。

冬天的炉灶里冒出地瓜的香味，甜甜的，娘煮了一大锅地瓜，地瓜上面贴着玉米面饼子。我太不喜欢吃饼子了，或者可以说是吃不下，我说不出原因，是二哥还是妹妹说：拉嗓子！玉米楂子粗，放在嘴里很难下咽，但那时候小麦做的白面馒头是只有过年过节才能吃到的。于是，地瓜成了我的最爱，甜甜的、软糯糯的地瓜，好像带着使命来的，就是要喂饱我饥饿的胃，煮熟的地瓜带来天堂的味道。

后来在北京的街头看到烤红薯的，想起小时候煮地瓜的味道，是一个味道，又不是一个味道。小时候的味道以后永远也没有了，它只属于那个年代，属于母亲和故乡，长大后一切都会变味的，哪怕是叫地瓜的红薯。

当然，今天是为了地瓜花，因为花事要写地瓜花，写了这么多地瓜的童年事。

地瓜花，是一种什么花呢？

先交代一下，一般说的"地瓜"是旋花科植物，我要说的"地瓜花"则是一种菊科植物。

简要说一下，根如同地瓜，或者说跟地瓜一样，冬天都要储藏在地瓜窖里过冬的。地瓜花的根部长得跟地瓜差不多，冬天要储存起来，春天埋在土里。

埋在土里后，长出的叶子刚开始很容易被认为是地瓜，越来越不像，相当于失之千里啦，太不像了，叶子一天天长大，基因藏不住的，以为是兄弟俩，越长越不像，小时候还以为是双胞胎呢，怎么长着长着就一个白一个黑了呢，纸里包不住火呀，哪怕叫同一个名字，地瓜花，都是地瓜的种，长着长着就变了颜色。

第二年的地瓜不是要把地瓜埋在土里，而是要让地瓜长出芽，就是长出苗，然后把芽"席"到泥土里，芽长了根后再打垄。地瓜花不需要这么复杂，直接埋到土里，很快就长出了叶子。刚开始以为是地瓜叶子呢，后来发现不是，地瓜花的叶子比地瓜叶子小多了，尖而窄，长得很快，几乎不需要浇水，几乎不需要施肥，几乎什么也不需要，天地精华，自然成长，很快长到四十厘米了，很快长到半米了，很快在顶部长出一个大的花苞，花苞大得让花茎都擎不住了，低下了高昂的头。太阳出来后，花茎又笔直了，花苞开了，一层层一瓣瓣，每一瓣都尖而窄，如柳芽一般，只是它是红色的，像一朵牡丹花一样浑厚丰富。

在我老家它的名字叫地瓜花，后来查

百度知道它有一个学名叫大丽花，这真应了当初我看到它时的样子，华丽雍容，如同牡丹，原产地墨西哥，二十世纪才引入中国，可以说它在山东种植比地瓜要晚很多。我有幸拥有过它，有幸储存过它，当时，我以为它跟地瓜是一个家族的。

直到它开花，我记得它的花形，觉得它很不一般，果然如此，它是世界名花，精品大丽花最大花径可达三四十厘米。大丽花的花语是：大吉大利，感激，新颖，新鲜。

这一切于我都是新鲜的，地瓜花好看，泼辣，如同冬天锅里热气腾腾的地瓜。

菜蔬花

开花,要结一个果

茄花

你看到过茄子开花吗?

你可能只吃过茄子,并没有看到那一朵朵蓝紫色的小花,就是你看见了,也未必认得那是茄子的花。

茄子的叶子你也未必认得,当然也是绿色的。绝大多数蔬菜和植物的叶子是绿色的,茄子也不例外,虽然你吃到的茄子是紫色的——当然后来有了杂交的绿色、浅绿色或者浅白色——毕竟,那不是茄子本来的颜色。

茄子的茄,从造字来看很有意味,好像是后来造的字,更像个会意字,又不仅仅是会意字，连雪茄的茄，都如同后来造的字。既然如此，茄子是后来从丝绸之路上传过来的吗？查了一下百度，抄录如下，感觉还是语焉不详：

茄子起源于亚洲东南热带地区，古印度为最早驯化地，印度一直有茄子的野生种和进化种……中世纪传到非洲，13世纪传入欧洲，16世纪欧洲南部栽培较普遍，17世纪遍布欧洲中部，后传入美洲。

18世纪由中国传入日本。中国栽培茄子历史悠久，类型品种繁多，一般认为中国是茄子第二起源地。

当然，百度从来不会认真负责，就是收集粘贴各地的信息——这就是它的责任——对于茄子的信息可以大致了解一些，至于更加翔实和专业的信息，则需要查找专业书籍：它从哪里来？什么时候传入中国？无论如何，茄子是好吃的，各种吃茄子的方法，我小时候都吃过，红烧茄子、

土豆炖茄子、蒜泥茄子，还有晋阳饭庄的咸鱼茄子。紫色的茄子，油光水亮。

当然，认识紫色是从茄花开始的。

淡紫色的花，四瓣，六瓣，中间黄色的花蕊，小小的花，像紫色的梦幻。当我们描绘一种颜色而无法表述那种梦幻的紫色时，就会说茄花色。用一种实物来描述一种颜色，这真是无与伦比的准确。

是的，茄花色，我们一起买茄花色的

旗袍，买茄花色的床单。茄花色的梦，是丁香样的吗，是，又不是，它就是茄花，一种独一无二的紫，只属于茄花色的紫。

你必须看过茄子开花，看过那一缕如梦如幻的紫，才有确定性的答案。现在的孩子只看到超市里卖的茄子，谁看过茄花？谁看到那一缕淡淡的紫色呢——只属于茄花的紫色。如果我说看过，你也许不吃惊，如果我说我还吃过带着茄花的茄子，你一定张大了口，久久闭合不了：你，真的吃过吗？

是的，我吃过，好吃极了！生黄瓜很多人吃过，生茄子谁会吃？我吃过。百度说生吃茄子会中毒，因为茄子含有一种叫作龙葵素（又称茄碱）的毒素，在发芽的土豆中也有这种毒素。我忽然想到小时候我吃过很多生茄子，而且我特别喜欢吃生茄子，还吃过很多发芽的土豆，我没被毒死，真是万幸！

那时候我不过七八岁，顶多八九岁，现在我都五十多岁了，经过四十多年的风霜雪雨日月精华的洗礼，生茄子和发芽土豆的龙葵毒素还在吗？金大侠小说里所说的以毒攻毒法，我是不是已经参破了，想想倒吸一口凉气，如果当初我躺平茄花下，一定不是被花迷倒的，而是吃了生茄子被毒倒的！

谢天谢地，经过茄花洗礼后，我更喜欢老茄子的紫而黑了。

（刘华杰教授补充：茄子、辣椒、西红柿、人参果、枸杞都是茄科植物，它们的花其实结构都相似，一起观察、比较，可以了解更多有趣的事情。除了人参果，另外几种在北京大学校园中都可以找得见。）

黄瓜花

黄瓜的花是黄的,花开之时拖着果,细细的小黄瓜,黄花落后,小黄瓜扭着弯长。黄花还没落,黄瓜继续长着,所以,你买黄瓜时经常能买到黄瓜顶上还有黄花的。

黄瓜是最普通的瓜果菜蔬,据说是张骞出使西域时带来的,原来叫胡瓜,后来叫作黄瓜。关于黄瓜的叙述引人入胜,说后赵时期的国君石勒严禁说胡字,他指着一盘胡瓜问一个名叫樊坦的大臣:"这是什么瓜?"聪明机智的樊坦说:"紫案佳肴,银杯绿茶,金樽甘露,玉盘黄瓜。"他把胡

瓜巧妙地改成了黄瓜,不仅获命,可能获宠,此叙述未可知真伪。

　　无论如何,黄瓜都不是黄的,除了黄色的花,瓜是绿色的,晶莹剔透的绿,长着小刺,也有浑身光滑的。小时候我以为黄瓜会变黄,要不为什么叫黄瓜呢,索性蹲在菜地里看黄瓜。黄瓜是藤蔓蔬菜,顺着杆爬,爬到顶部开一朵黄花,然后继续爬,继续开花,黄花遍藤,处处安瓜,都是一色的绿色。一根根黄瓜从架子上垂下

来，有的竟然会长到两尺长，顶部的黄花紧紧黏着黄瓜，不离不弃。黄瓜和它的花即使成熟了，也是一副唇齿相依的样子，直到摘下后，卖黄瓜的人会夸耀说："我的黄瓜多新鲜呀，还带着花呢！"

黄瓜的花，也就五毛、一元硬币那么大，绽开时四瓣或五瓣，中间没有分割，连在一起有点喇叭状，花蕊跟细小的黄瓜相连。黄瓜的花开放是为了结黄瓜，它是有自己功利目的的花，不是为了美而美的花。即使如此，从唯美的角度单纯地看黄瓜的花也好看，黄色的一小朵，黄得彻底，黄得逼人，黄得有内容、有见地，开花，结果，天经地义，毫不含糊。在黄瓜这里，有花就有果。

当然，也有光开花而没有果的，小时候我们叫它"谎花"，人说假话叫谎话，开花而不结果的花叫"谎花"，骗人的，用好听的好看的来欺骗人，"谎花"开得更好看，就是不结瓜，黄色的花后面没有小小的瓜，只有花很无邪地开着。"谎花"比谎言更容易看到,一眼看去就是"谎花",根本不需要看第二眼。娘忙着给黄瓜打岔,掐去多余的藤蔓,只保留主藤蔓向上爬,有时会折一两朵"谎花"插到我跟妹妹的辫子上。黄色的花像金色的蝴蝶在风中摇曳,我跟妹妹也会在黄瓜藤上寻找"谎花",一朵,两朵,三朵,越找越多,娘说不用管"谎花",它是雄花,需要它授粉,黄瓜才能长得大而好吃。"谎花"比谎言有用——也许谎言也有特殊的用途。

时间是黄瓜的证人,等着吧,总有一天黄瓜会黄的。黄瓜叶子枯萎了,结过黄瓜的藤蔓瘦而干枯,风吹来,藤蔓上的一根粗而长的老黄瓜晃荡着,这是专门留下做黄瓜种的(种子的种),此时,老黄瓜的一半是白中带黄的:一根真正的黄瓜诞生了!

扁豆花

扁豆是北方最普通的菜,扁豆花也是小时候最常见的花。汪曾祺先生说"扁豆花是最具平民色彩的花",平民到人人可见,普通到几乎被忽略,扁豆是家常菜蔬,它开花原是为结扁豆的!

若真如此,那就要错过最平民最知己的扁豆花了。一架子扁豆,一架子细碎而欢欣的花,白色的、紫色的、白中带紫的、紫中带白的,星星闪耀,蝴蝶翩跹,扁豆花在豆棚上叽叽喳喳的,它不会发声,不像喜鹊或者麻雀,但是因为繁多而茂密,因为张开了小口,仿佛是在唱着闹着嗡嗡叫着,那是扁豆花内在的欢唱。

凑近细看扁豆花,一穗穗拥簇在一起,花如豆大,两个花瓣平行打底,中间翘出细荚状,可爱如活泼的小动物,很精致,很细巧,这么小小的花还有如此丰富的层次,有凸凹,有高低,有颜色渐变,从紫到浅紫到白,它仿佛在说:"瞧我,开花了,要结豆荚了!"很普通又很骄傲,不着痕迹地释放着生命原始的能量,虽小但是有一切的好。

阳光下这架开满扁豆花的藤架上全是蜜蜂和蝴蝶,闹闹哄哄中结出小小的豆荚,娇嫩,柔软,跟人类的幼崽一样可爱,很想用手去捏。大人说不能用手去捏豆荚,捏一下就不长了,但小孩子总对大人的话半信半疑,怀着好奇,还是去捏了一下。豆荚上有细小的刺毛,闻闻有扁豆的清香,之后也总是多看几眼那个被摸过的豆荚,生怕它真的不长了。过了几日就找不到那个豆荚了,扁豆花边开花边结豆荚,密密麻麻,数也数不清了。

扁豆花还在开着,已经有扁豆从豆荚长成扁豆,二三十厘米长了,豆子饱满了,里面鼓鼓囊囊的。摘扁豆,做扁豆打卤面——将扁豆切得细碎,葱花姜丝爆锅,炒扁豆碎,加盐和酱油翻炒后,加水没过扁豆碎,大火烧开五六分钟,淋上两个鸡蛋,扁豆卤就做好了。浇到煮好的面条上热乎乎一碗,喷香中带着一丝清香和淡淡的甜味,还有鸡蛋和扁豆之间产生的美味,好吃极了。有时扁豆打卤面里也会放上土豆块,将土豆切成指甲盖一样大的小块,做法同上。母亲做的打卤面用过西红柿、土豆,扁豆最多,很少用茄子,到了北京我才知道茄子也可以做打卤面,当时很吃惊,看来各种食材在各地有不同的做法。

扁豆花会一直开,一直结扁豆,扁豆摘掉后,还会开花,一直到最后的时令,扁豆架子被拉倒,扁豆被连根拔起来,放在地头上,而扁豆花还在无根的架子上开着,白色的,紫色的,仿佛它还在嚷着:"瞧我,还在开花,我要结豆荚!"

韭菜花

韭菜花开的时候，韭菜就臭如狗了，用我老家的话是这样说的：六月韭，臭如狗。

此时，韭菜花正开，一枝独秀，从绿油油的韭菜地里蹿出带着花苞的笔直的秆——韭菜薹——顶部是绿色泛白的花苞，姑且叫作花苞吧，外面是白色的透明的皮，里面鼓鼓囊囊的，很快秘密泄露，春光乍泄，韭菜花开了。

像无数把小伞撑开盖在头顶上的透明罩子，韭菜花，白色的，碎碎的花，稳坐在一个小小的降落伞上，倒着的降落伞，白色的神秘力量来自何处？它不过是韭菜的花而已，却蕴含着宇宙的美好，擎起来就是成熟和老去，一朵花，两朵花，三朵花，像野草一样的韭菜地里全是白色的韭菜花了。

小时候我家是不吃韭菜花的，任由韭菜花开，然后结出黑色种子。小孩子总是淘气的，也是好奇的，在夏天的午后，实在无聊透顶时就会到菜地里，那时菜地里只有扁豆花和韭菜花。特别是下雨天，无所事事，骤雨初歇，小孩子就踏着凉鞋或光着脚丫子出门，东看看西看看，菜地里的韭菜花上全是雨水，降落伞状的韭菜花在雾水里自有一种超凡脱俗的美，它不属于花，也不属于菜，它只属于自己。

掐一朵放在嘴里，嚼一下，嘴里满是欢唱的啪啪声，碎碎的花里面有饱满的汁，韭菜的辛辣和甘甜，加上雨水甜丝丝的冰凉，哇，无以复加的透爽辣味，如同夏天冰爽的冰棍，只是甜里加了点韭菜的辣道。当时我不明白，六月韭，臭如狗，不吃韭

菜,为什么不吃这么娇嫩香辣的韭菜花呢?不过,韭菜薹是吃的,就是掐起来有点费劲,不像韭菜,用镰刀直接割就好。韭菜薹长在韭菜中间,要人专门去一个个掐,掐韭菜薹的任务大都交给小孩子。我小时候掐韭菜薹,韭菜薹根部的辣汁浸到指甲缝里,火辣辣地疼,但一吃到肉炒韭薹时,又立刻忘记了指缝里的火辣。后来读到汪曾祺先生写的《韭菜花》,吃法竟然跟我的老家相仿,他是江苏高邮人,本来以为隔了很远,因为韭菜花,竟然觉得很近:

　　我的家乡是不懂得把韭菜花腌了来吃的,只是在韭菜花还是骨朵儿,尚未开放时,连同掐得动的嫩薹,切为寸断,加瘦猪肉,炒了吃,这是"时菜",过了那几天,菜薹老了,就没法吃了,做虾饼,以爆炒的韭菜骨朵儿衬底,美不可言。

　　汪老不仅是美食家,还是文章大家,

杂家，一篇《韭菜花》写尽韭菜花的前世今生，先从五代书法家杨凝式的《韭花帖》开始，说杨凝式的《韭花帖》是第一次，也是唯一以"韭花"为帖，"不但字写得好，文章也极有风致"。我也模仿汪老抄录全文如下：

昼寝乍兴，朝饥正甚，忽蒙简翰，猥赐盘飧。当一叶报秋之初，乃韭花逞味之始。助其肥羜实谓珍馐。充腹之余，铭肌载切，谨修状陈谢伏维鉴察，谨状。

七月十一日凝式状

是不是太有学问了，汪老如是，他善丹青，喜书画，懂掌故，爱美食。接下来他分析杨凝式的《韭花帖》的价值，言简意赅，娓娓道来：杨凝式当时"官至太子太保，是个高干"，但是他的口味很亲民，朋友送来韭花，他要专门写《韭花帖》回复；下一步是韭花的历史考据，杨凝式用韭花佐以五个月的小羊羔，"北京现在吃涮羊肉，缺不了韭菜花，或以为这办法来自蒙古或西域回族，原来中国五代时已经有了。杨凝式是陕西人，以韭菜花蘸羊肉吃，盖始于中国西北诸省"。

我差不多要当"文抄公"了，因为韭菜花重读汪老的《韭菜花》，更加折服汪老文章之高妙，文章没有多余的一字，却尽得风流。"韭菜花"之餐饮史，自五代到当代之北京韭菜花、云南韭菜花等各种不同的做法，落笔到曲靖韭菜花：

曲靖韭菜花是白色的，乃以韭花和切得极细的、风干了的萝卜丝同腌成，很香，味道不是很咸，而有一股说不出来的淡淡的甜味。曲靖韭菜花装在一个浅白色的茶叶筒似的陶罐里，凡是到曲靖的，都要带几罐送人。我常以为曲靖韭菜花是中国咸菜里的"神品"。

坦率地说，我吃涮羊肉从来不吃韭菜花，黑乎乎的糊状物让我失去对韭菜花的美感，仿佛那些伞状的白色花被亵渎了一样。因为汪曾祺先生对曲靖韭菜花的推崇，我决定从网上买一罐曲靖的韭菜花，开始我的食物"神品"之旅。

拉瓜花

它在我的世界消失很久了,因为写少年花事,我想到它,它的叶子和花,它的果——很长的瓜,它叫什么名字呢?忘记了,好久不见它,也没吃到它。

北京多见的是冬瓜、南瓜、苦瓜、佛手瓜,独独没有它,我甚至忘记了它的名字,拍着脑袋想了半天,好像叫拉瓜,真的有这个名字吗,拉瓜,百度了一下,果然有拉瓜——

拉瓜是一种蔬菜,拉瓜种与南瓜种相似,呈长条形,长短不一。胶东地区叫拉瓜，有的地方叫吊南瓜。

我眼前顿时浮现拉瓜的样子，长长的，墨绿色，间或白色的条纹从头到尾。拉瓜特别泼辣，好养活，田间地头，拉瓜的秧子栽上就不用管了，等着它结出又长又嫩的拉瓜吧。拉瓜叶子肥硕，是丝瓜叶子的一两倍大，比成人的巴掌还大，且肥，肥肥大大。夏天的雨说来就来，走着走着就下起了雨，小孩子就到地里摘下拉瓜的叶子盖在头上，跑着回家。

拉瓜的花色黄，壮硕，肥美，四瓣相连，有碗口大，形如喇叭，一朵大的金黄色的拉瓜花在硕大的叶子中间，它的花配上它的叶子，壮实而大气，毫不含糊地广阔豪迈。拉瓜秧子到处爬，很快就占据了全部地头，盛大的花骄傲地在大地上叫着："瞧我的花多丰美，我要结最大的拉瓜。"这个种族生长得很蓬勃，爬在地上就行，不需要棚架，不需要依附，也不像其他菜

向上生长，或者向下生长，拉瓜就在自己的地盘上，盘旋着长满叶子，再侵入其他有空之地。栽上一棵拉瓜，方圆几米就会被它占领，所以，娘一般不把这种过于进攻型的菜种在菜园里。她会把菜园的地头一角分给拉瓜，或者菜地正好近邻一条流水的小沟，娘就把它种在沟边，很快它就占据了水沟的方圆三四米。黄色的花掩饰不住自己的喜乐，笑盈盈地说："我在这里开花！"很快叶子上一片黄色的花！

傍晚时候，娘会去拉瓜地里找雄花——"谎花"一样只开花不结果的——很好找，更大更漂亮但是花屁股后面没有内容，它只配给雌花授粉。花太大，蜜蜂蝴蝶的授粉远远不够，拉瓜的授粉过程我记得很清楚：把雄花掐下来，对着雌花哆嗦哆嗦，一朵雄花可以哆嗦好几朵雌花。我们授粉的时候，会有一种葫芦蛾飞过来，比蝴蝶肥壮，比蜜蜂身体大，色为乳白，它上蹿下跳在拉瓜地的花里帮着授粉。

天渐渐黑下来，夜色上来了，家家户

户喊孩子回家吃饭了，吃过饭的孩子聚在村头玩耍了，那时候没有电视没有电子游戏网络，小孩子聚在一起玩自己发明的游戏，下三，下五，也会打仗。夏天的傍晚，拉瓜花开的时候，小孩子喜欢热闹而好奇地玩，就把雄花掐下来，插在一根枝条上，在空中边摇边喊："葫芦葫芦蛾，下来跟我耍！"果然很快就有几只葫芦蛾闻讯飞来了，绕着拉瓜花飞，也许，拉瓜花的气味对这种蛾子具有吸引力和迷惑力。大自然的物种间有很多神秘的相依相偎，一物降一物，一物喜一物，大千世界，阴阳平衡，万事万物，自有规律，这是我小时候在拉瓜花和葫芦蛾之间看到的微妙关系。

拉瓜花渐渐萎缩，如同一大块浸过水的缎面皱皱巴巴地干枯了，缩水缩到干巴巴的一小团黄色，拉瓜疯长着，胳膊长，大腿粗，一根根拉瓜横亘在大地上。小时候我最不喜欢吃蒸拉瓜，比南瓜水分多，面少，水水的甜，吃起来口感不好，但也许是老人家的最爱。冬天煮地瓜的锅里蒸上玉米面饼子和拉瓜，我先吃地瓜，再吃玉米饼子，然后就吃饱了，切开蒸好的拉瓜是黄色的，可我还是想念它灼灼如火的黄色大花。

除了切开蒸着吃，拉瓜还可以切成小块做打卤面，还可以炒肉，不过，我最喜欢吃的是拉瓜水饺。好多年没吃过拉瓜水饺了，也想着去胶东乡下看看拉瓜还有没有，看看它的大黄花，也许碰巧能遇到一只葫芦蛾呢！

跋

高秀芹

《花事》源于一场跟谢冕先生的饭局。

席间,先生边喝酒边对贺绍俊老师说:"你写了很多好文章,你编的《老孟那些酒事》最有意思,继续编下去。"

那个被称作"老孟"的师兄孟繁华很谦逊地说:"我没有酒事了,下一本该编谢老师的酒事了,先生喝酒,'五中全会'屹立不倒!"

我们在边上附和:"对对,编谢老师的

酒事！"

先生大笑："我的酒事不好玩！"

先生出版《觅食记》后，一步跨入美食家行列，先生自谦"论饭量、运动量、写作量在北大'90后'里，谢某名列前茅"，其实还要加上一个酒量。我们从来没有见过先生醉酒，他可以同时喝"红黄白啤洋"，运筹帷幄，谈笑风生。

"花间一壶酒"，由"酒事"到"花事"，在别人看来十万八千里的事在我们这里就是一杯酒的事。先生刚写完美文《我与紫藤有缘》，由紫藤想到好文《岂止水仙，更有蜡梅》，还有更早的《岂止橡树，更有三角梅》，老孟倡议，把先生写花的文章辑成《花事》。

先生说只有几篇，不够一本书，又指着我说："秀芹近日写花多篇，颇有气候！"老孟说那就师生的"花文"编在一起成一册《花事》，先生当即欣然允诺，并叮嘱老孟写序，就有了我们师生三人的《花事》。

那是2023年某月某日，席间还有吴丽

艳、李云雷、赖洪波和柴莹。

先生是文章大家，先生写花，有故事，有细节，有情谊，有格局，花事乃人事，高洁风骨花为媒介，有舒婷的三角梅之诗，宗璞的水仙花之谊，山东朋友醇厚的槐花之约，花好月圆诗意盎然。如果说先生之花事乃滔滔的宏大叙事，我的花事则是涓涓的个人独白，犹如国色天香之牡丹和在角落里开出自我之花的夜茉莉。承蒙先生厚爱，师兄成全，才有了这本独特的《花事》。

《花事》由文字的花变成可见的花，要感谢画家王震宙先生。震宙来自山东胶州，受教于中国艺术研究院，访学于未名湖畔，喜读书，善水墨，青年才俊，画风纯正，既有文人画之书卷雅趣，又有新乡土之勃勃生机，更有对故乡之花的默契和认同。尤其感动的是，他专门为《花事》创作，阅读文字，妙笔生花。他创作的故乡之花也是"花事"的一部分。

谢老师的"花事"大都发表过，我的

"花事"新鲜出笼,深恐犯常识性错误,毕竟我是凭自己有限的"常识"和"经验"来写童年的花,还列出了花的纲目:草本花、木本花,又根据一目了然的形态和用途分为菜蔬花、树木花。我由着自己的性子和感觉来写,仿佛回到童年和故乡的大地。

在植物学上,我归类的草本和木本是否准确,有点拿不准,一定要请专家帮着过过眼,辗转联系上北京大学博物学家刘华杰教授,他在北大出版社出版的《燕园草木》给我留下深刻的念想。我与刘教授素不相识,贸然请教,忐忑再三,稿子上午发过去,下午就收到了刘教授详细的修正稿,让我汗颜,又让我对北大老师陡然生出敬意,他不仅指出了一些植物学上的知识性问题。还补充了某些花在北大校园的生长状况,比如树木花应该列入木本花。树木花我只写了梧桐花和槐花,索性放在木本花类里。考虑再三,保留了目录里的菜蔬花,虽然菜蔬花大多是草本花,不过作为一个文人小品反而有独特的意蕴，希望读者能理解我的良苦用心。无论如何，博物学家的人间情怀温暖了我，在此特别向刘华杰教授致敬！

我的"花事"写就后，内心并不自信，毕竟多年没写过文艺性散文类文章，心怀忐忑，于是便将它发给了两位好兄长——一位是文学刊物主编，一位是文学刊物作者——施战军主编和王尧教授，不料他俩竟然不约而同地让我把小文投给《作家》杂志，说它与《作家》文气相投。《作家》是我读大学时期就熟知的文学大刊，主编宗仁发先生编《作家》多年，培养了很多作家，是文坛的"作家师"，可惜我一再错过与他结缘，好在不晚，"花事"成全。这些小文首发《作家》2024年第七期，然后由春风文艺出版社出版。

感谢春风文艺出版社编辑姚宏越，他发给我十年前陪谢老师参观断壁残垣的照片，荒凉中有年轻的光，照亮了今天的花，花开花落，念念不忘。